Maude Nepveu Villeneuve

Partir de rien

Roman

TA MÈRE

Nous remercions de son soutien le Conseil des Arts du Canada, qui a investi 20,1 millions de dollars l'an dernier dans les lettres et l'édition partout au Canada.

We acknowledge the support of the Canada Council for the Arts which last year invested $20.1 million in writing and publishing throughout Canada.

**Conseil des Arts   Canada Council
du Canada   for the Arts**

Conception graphique : Benoit Tardif
Révision linguistique : Maxime Nadeau
Infographie : Benoit Tardif et Rachel Sansregret

Achevé d'imprimer en août 2011, à Gatineau.
Bibliothèque et Archives nationales du Québec - 2011
Bibliothèque et Archives du Canada - 2011
ISBN - 978-2-923553-10-8
© Éditions de Ta Mère
www.tamere.org

Pour Maxime, infiniment

You know my wandering days are over
Does that mean that I'm getting boring ?
(Belle & Sebastian)

I

*Où Chloé et Almée partent de rien
et arrivent quelque part, où Almée apprend
ce qu'est l'autarcie, et où Oreste fait son
premier voyage à vélo*

Il pleuvait depuis quatre jours.

Le premier jour, un rideau de pluie est apparu au bout du champ, avec son nuage au-dessus. On n'a pas eu le temps de courir : il nous est passé dessus. Rien à faire.

L'eau coulait partout, dans nos dos, sur nos cous, elle s'étendait comme si elle était chez elle. C'était pas comme au village, là où l'eau est enfermée le long des toits, dans les gouttières en aluminium qui la déversent dans les caniveaux. C'était désordonné et incohérent, et sans rien pour l'arrêter, l'eau glissait sur les herbes hautes, et ça les couchait par terre.

Puis finalement le nuage est passé. Il n'y avait rien à faire même s'il ne pleuvait plus, tout le champ était encore mouillé. Alors on a marché dans nos souliers trempés, en faisant scouic, et on est allées s'asseoir submergées au pied de l'arbre, le seul au milieu du champ. On avait déjà les doigts comme des vieux pruneaux. Une fois bien assises, on a ouvert les yeux très grands, et on a regardé droit devant pour constater les dégâts. C'est grand, un champ. Même mouillé, ça ne rapetisse pas en séchant. Alors nos yeux se sont perdus, pendant une seconde, dans tout ce vague autour de nous.

C'est la pluie qui nous a sauvées de l'égarement. On a levé le nez en l'air : on en avait vu d'autres, on n'avait pas peur. Mais cette fois, c'était pas qu'un petit nuage, c'était tout le ciel au complet qui nous crachait dessus sa pluie suintante. Ça a recommencé comme ça s'était terminé : net, fret, sec. Et il pleuvait depuis quatre jours.

Au début, on a fait comme si ça nous faisait rien. On s'est même couchées par terre la bouche grande ouverte pour attraper tout ce qui tombait, pour ne rien gaspiller parce qu'on a été élevées comme ça et qu'on ne se refait pas. Sauf que là, ça commençait à faire quatre jours qu'on faisait comme si. Ça commençait à nous faire de quoi.

Vivre dans un champ, c'est pas la joie les jours de pluie; c'est ce qu'a conclu Almée. Elle avait raison, en plein raison : être en exil, ça allait; fugitives, passe encore. Mais de là à passer quatre jours dans la bouette sans en voir la fin, ça non : il y avait toujours bien des limites, on était trop moumounes pour ça, quand même. Fallait pas nous prendre pour ce qu'on n'était pas, des Indiana Janes ou je ne sais quoi.

– On n'est pas des cornichons, ça suffit, rentrons!
– T'as en plein raison!

C'est ce qu'on s'est dit. Ça avait plein d'allure, qu'on trouvait. On a pris nos cliques, nos claques et nos sacs à dos, et on a décidé de partir. On aurait bien voulu saluer les marmottes, mais avec la pluie, elles étaient fourrées loin dans leurs trous, alors on leur a soufflé un baiser et on est parties sans plus de cérémonie. Les cérémonies, ça nous ressemblait pas, de toute façon.

*

On n'a pas eu besoin d'aller très loin : en partant du champ, après avoir traversé le chemin de gravier, les rangs de chou rouge et les champs de maïs, ceux où on pouvait se cacher pendant des heures quand on était petites jusqu'à ce nos mères appellent la police, on arrivait déjà au terrain vague. Et après le terrain vague, derrière les carcasses des glissades d'eau qui avaient déménagé il y a belle lurette, il y avait notre village. En le voyant s'approcher avec ses bardeaux, j'ai eu comme un doute de dernière minute et j'ai pensé qu'il fallait avoir bien peu d'orgueil pour rentrer chez soi la mine basse, mouillée comme un poisson, après être partie sans rien dire à personne. J'ai voulu virer de bord, mais Almée me tenait trop fort par la main. Elle devait avoir peur de me perdre, de m'échapper, avec nos mains toutes glissantes d'eau de pluie. J'avais pas trop le choix, alors je l'ai suivie, en essayant d'imaginer la tête que feraient nos parents.

Nos vélos étaient encore là, à l'entrée du terrain vague, cachés sous un morceau de glissade. Depuis tellement longtemps qu'on était parties, ils n'avaient même pas bougé, et ils nous ont roulées jusqu'au village, malgré la rouille et sans grincer. On leur revaudra ça.

On se préparait déjà un visage de retour et j'hésitais entre le chien battu, le triomphal ou le comme-si-de-rien-n'était quand on a été obligées d'opter pour le visage de la surprise : au bout du terrain vague, derrière les carcasses des glissades d'eau, tout le village était vide.

Sur la rue principale, la grande rue, la seule rue, il n'y avait plus un magasin d'ouvert, plus une voiture, pas même un chien oublié. Les portes des maisons étaient barricadées. Tout le monde était parti. On n'avait pas vu venir ça : ça nous a fait un choc. On s'est arrêtées d'un coup sec. Qu'est-ce qui avait bien pu se passer ? J'ai cherché un signe, quelque chose qui expliquerait tout, comme on trouve un mot sur la table qui dit «je suis parti pour toujours»; rien. J'ai remis les pieds sur mes pédales en faisant un signe de tête à Almée, qui avait l'air tout aussi estomaquée que moi. Lentement, on a roulé jusque chez moi, curieuses mais un peu inquiètes, espérant voir surgir quelqu'un. La maison était comme les autres, barricadée de partout, sauf pour les volets, que mes parents avaient mal fermés avant de partir. Il y en avait un qui battait encore comme un perdu, et j'ai pensé qu'il avait dû battre comme ça pendant des jours sans que personne ne l'entende. Almée et moi, on s'est regardées, perplexes. Il fallait faire quelque chose; alors, sans dire un mot, on est rentrées, en passant par la fenêtre.

Chez mes parents, c'était vide. Pas de mot sur la table. Pas de table. On a allumé les lumières – pas d'électricité. On a ouvert le robinet – pas d'eau. Pour l'eau, c'était pas grave, on en avait à profusion dehors; mais pour la lumière, c'était plus embêtant. On a fouillé dans nos sacs, qu'on avait en partant remplis à ras bord de provisions, d'argent et d'outils, et on a trouvé quatre bouts de chandelles. Ça ferait, en attendant. Les mèches allumées, on a laissé tomber nos affaires sur le plancher, sous le coup du désemparement. Et puis, assises par terre dans la cuisine, on a spéculé. «Peut-être qu'ils sont tous cachés quelque part et qu'ils vont sortir en criant "Surprise!"» a risqué Almée. J'y croyais pas trop. J'avais plutôt l'impression qu'on s'était fait rendre la monnaie de notre pièce et que tout le monde, comme pour nous punir de nous être enfuies, avait fait pareil. Qu'est-ce qu'on était censées faire, maintenant? Les chercher après avoir compté jusqu'à cent? Dans la maison, ça sentait le renfermé. On a ouvert les fenêtres toutes grandes, mais pas trop quand même, parce qu'il pleuvait encore. Puis, comme toutes ces émotions nous avaient donné soif, on a sorti de nos sacs nos deux tasses, qu'on a remplies d'eau par la fenêtre ouverte. Sur celle d'Almée, il y avait un gros chat rouge qui regarde le ciel.

La mienne était bleue avec un poisson, c'était moi qui l'avais faite quand j'étais petite. Au fond, il y avait des étoiles de mer et des algues dessinées sur l'océan. J'ai ouvert les armoires en espérant trouver quelque chose, un reste. Dans le fond du garde-manger, il restait du jus en poudre; on n'allait pas se gêner. On a vidé les sachets dans notre eau de pluie et on a bu, presque gaiement. J'ai toujours aimé boire dans ma tasse avec des étoiles au fond. Les étoiles apparaissent tout d'un coup entre les gorgées, c'est comme une surprise chaque fois.

J'ai bu mon jus plus vite qu'Almée. Elle est comme ça Almée, plus lente, plus posée, plus sage que moi. C'est pour ça que j'ai besoin d'elle. Pendant qu'Almée buvait les dernières gorgées de son jus, les yeux fermés, comme concentrée sur le goût de poudre, j'ai sorti de mon sac à dos la pièce de résistance, le morceau de choix que j'avais ramassé chez mes parents avant qu'on parte et que je gardais pour quand on serait désespérées : une mangue. Je me disais que c'était le moment ou jamais et qu'on avait franchement besoin de se remonter le moral. Quand Almée a déposé sa tasse, j'ai brandi la mangue devant ses yeux.

– Tadam !

Elle n'a pas eu l'air impressionnée.

– C'est quoi, ça ?
– Une mangue.

– Et on fait quoi, avec ?
– On la mange.

Almée n'avait jamais mangé de mangue de sa vie. Chez elle, on mangeait des haricots rouges et des pommes de terre, et parfois des pommes, si elle était chanceuse. J'ai décidé de lui montrer comment faire, en coupant la mangue autour du noyau et en dessinant un quadrillé, tout plein de petits carrés comme dans les cahiers d'école, sur chaque morceau. Après, j'ai tourné la peau à l'envers, et ça a fait une ville : tous les petits carrés se sont dressés comme des maisons.

Almée a ouvert des yeux impressionnés devant ma démonstration digne d'une grande chef cuisinière et elle a tendu la main pour avoir un morceau. Ensemble, on a joué à râper la ville avec nos dents et à croquer les maisons jaunes. On avait des filaments entre les dents, ça nous faisait des dents jaunes et ça nous faisait rire. C'était comme manger du soleil, ça nous faisait du bien.

Quand on a eu fini de manger notre mangue, la pluie s'est arrêtée. On s'est précipitées sur les fenêtres qu'on a ouvertes encore plus grandes, vu que plus rien ne pouvait entrer. Puis, on a crié, pour voir : c'était bizarre d'entendre nos voix résonner sur les maisons vides. Tout à coup, j'ai baissé les yeux sur mes vêtements, qui semblaient de plus en plus lourds : maintenant que l'air était sec, dehors, on se rendait compte qu'on dégouttait partout. Il allait falloir se changer. J'ai fouillé dans mon sac, mais toutes mes affaires étaient humides à cause de nos quatre jours de flotte. Alors, j'ai eu une idée : je suis allée voir dans ma chambre au cas où mes parents, en partant, m'auraient laissé des affaires, du linge sec peut-être, pour qu'on arrête de faire des flaques sur le plancher.

La porte de ma chambre a résisté un peu, gonflée par l'humidité, puis elle s'est ouverte, et j'ai fait le saut. Ma chambre était là, derrière, mais pas tout à fait comme je l'avais laissée en partant : il en manquait la moitié. La moitié des meubles, la moitié des vêtements, la moitié des affaires. J'ai pas compris. Ils avaient dû prévoir qu'on reviendrait peut-être, et avaient laissé la moitié des choses au cas où. J'ai fouillé dans le placard et j'ai trouvé un gros chandail de laine et une robe bleue, que j'ai prêtés à Almée. Moi, j'ai mis une jupe verte et un chandail à capuchon avec des grandes poches en avant pour mettre les mains. Les vêtements étaient trop grands, mais ça ferait l'affaire pour l'instant. C'était parce que c'était le vieux linge de ma sœur, qui me refilait toujours ses affaires pour que mes parents n'aient pas à acheter de nouveaux morceaux. Je n'avais jamais eu de linge à moi à cause de ça, et mes vêtements ne me faisaient jamais bien. Quand même, j'étais plus jolie qu'Almée. Je nous regardais, là, et je me trouvais plus jolie. Les vêtements lui faisaient encore moins bien qu'à moi parce qu'elle était plus maigre, et ses cheveux étaient collés sur ses joues comme s'ils étaient sales. C'était pas grave, je l'aimais comme ça.

*

On a suspendu nos vêtements mouillés un peu partout dans la maison et, avec nos vêtements secs, on a fouillé dans ma chambre pour voir s'il n'y avait pas autre chose qui aurait pu nous servir. Sous le lit, on a trouvé des livres aux pages un peu gondolées et poussiéreuses, des livres d'auteurs morts que ma sœur avait lus à l'école. On en a sorti quelques-uns, pour voir, mais comme la lecture n'était pas notre besoin le plus urgent, on a décidé d'aller voir plutôt chez les parents d'Almée, au cas où ils auraient eux aussi laissé quelque chose. La maison d'Almée n'était pas comme celle de mes parents. Elle était plus petite, plus jaune, plus pourrie. Avant d'arriver au village, les parents d'Almée étaient danseurs en Europe de l'Est. Leur billet d'avion jusqu'ici leur avait coûté très cher et ils avaient dû acheter la maison la plus laide de toute la rue principale. Heureusement, ensuite, ils avaient pu se trouver du travail comme danseurs dans une grande compagnie de notre pays, mais ils n'avaient jamais vraiment roulé sur l'or. On a eu plus de difficulté à entrer, parce qu'eux, ils n'avaient pas oublié de volet ouvert, mais on a fini par trouver une faille dans une barricade et on a réussi à l'enlever. On a exploré la maison. Eux non plus, ils n'avaient rien laissé. Pas de note sur la table. Pas de table. J'avais espéré trouver un peu de nourriture, mais rien. Pas de grains de riz au fond des armoires, pas de biscuits secs sur le comptoir. Pas même la moitié des choses d'Almée. Sa chambre à elle était vide. Quand même, au cas, on a ouvert le placard. Sur la tablette du haut, il y avait quelque chose de rouge. On s'est fait la courte échelle, Almée dessous et moi dessus, et on a ramassé un tourne-disque, le genre qui fonctionne à manivelle, un petit tourne-disque d'enfant, et les disques qui allaient avec. Des vrais vinyles, pas des petits machins en plastiques avec des comptines idiotes. Les parents d'Almée avaient plus de culture que ça ! On a décidé de les prendre avec nous, les disques et le tourne-disque : ça nous occuperait, faute de nous nourrir. Puis, on est sorties.

*

Dans la rue principale désertée, on n'était pas plus avancées. Almée m'a lancé un regard désespéré, et je n'ai pas su quoi lui répondre. Je me suis assise sur le perron de la maison, le temps de mettre mes idées en ordre. En tout cas, la prochaine fois, on y penserait à deux fois avant de se sauver de notre village sans rien dire à personne. On pensait devoir rentrer la tête baissée, contrites, honteuses, et puis non! Personne pour nous regarder revenir et faire notre numéro d'orgueil blessé. Personne pour nous prendre dans ses bras et nous donner à manger. Tel est pris qui croyait prendre, qu'ils disent. Ça nous apprendra. Je me suis tournée vers Almée, qui s'était assise à côté de moi.

– On joue aux devinettes, ok ?
– Ok. Je commence.

On était bonnes là-dedans, on gagnait tout le temps.

– Qu'est-ce qui est bleu à l'extérieur, blanc à l'intérieur et mauve quand on l'écrase ?
– Euh... Un bleuet ?
– Bingo. À toi.
– Ok. Pourquoi est-ce que tout le monde est parti ?

Elle est restée silencieuse un moment, puis elle m'a regardée, hésitante.

– Parce qu'ils vont construire un aéroport sur nos maisons ?

J'ai hoché la tête, pensive. On ne savait pas exactement qui c'était, «ils», mais on avait entendu ça à la radio avec papa et maman, et ma sœur aussi. Ça disait qu'ils allaient construire un aéroport près de chez nous parce que celui de la métropole n'arrivait plus à fournir : il y avait trop de gens qui voulaient venir dans notre pays, on avait besoin de plus d'avions. On avait d'abord pensé que c'était une blague, qu'il n'y avait pas tant de gens que ça qui voulaient venir dans notre pays, qu'en tout cas nous, on n'avait pas vu beaucoup d'étrangers dernièrement. Alors on s'était replongés dans notre souper et on avait oublié tout ça. Papa et maman, et ma sœur et moi aussi, on avait autre chose à faire que s'inquiéter d'un aéroport. Mais après ça on avait reçu une lettre qui avait mis papa en colère, puis des gens étaient venus chez nous pour faire signer des papiers à mes parents. Maman avait voulu leur offrir un verre de quelque chose pour montrer qu'elle était bien élevée, mais papa n'avait pas voulu. Il ne les avait même pas laissés aller aux toilettes. Mais il avait signé les papiers quand même, parce qu'il était obligé. Quand les gens étaient partis, lui et maman s'étaient disputés, puis ils étaient sortis et ils nous avaient laissées à la maison, ma sœur et moi. Vu que c'était ce qu'on préférait, rester toutes les deux ensemble, on n'avait plus pensé à tout ça et on avait regardé des films toute la nuit en fumant des cigarettes.

Maintenant qu'on était là dans notre village vide, Almée et moi, je commençais à me demander si toute cette histoire d'aéroport était un gros mensonge : c'était arrivé deux bons mois avant qu'on parte pour le champ et je n'avais pas encore vu d'avion.

– Ils ont peut-être dit ça pour nous faire peur, pour que tout le monde quitte le village et qu'ils puissent installer leurs familles dans nos maisons vides.

– Si oui, alors il va falloir partir nous aussi.

Almée n'avait pas envie de partager notre village avec des inconnus, qu'elle a rajouté. J'ai trouvé qu'elle mettait la charrue devant les bœufs. De toute façon, ça ne réglait pas notre problème : on ne savait toujours pas où tout le monde était parti, ni si on devait essayer de le savoir. Parce qu'après tout, s'ils étaient partis sans nous attendre, c'était peut-être qu'ils n'avaient pas envie qu'on parte avec eux. Dans ce cas-là, on ferait peut-être mieux de ne pas leur courir après et de vivre nos vies par nous-mêmes, sans les écœurer. Je l'ai dit à Almée. Elle a eu l'air d'accord.

– T'as raison. Ils n'ont pas besoin de nous, de toute façon.
– Et puis, on est capables de se débrouiller. On l'a déjà fait dans notre champ !

Almée a hoché la tête vigoureusement et elle m'a tendu la main. J'ai craché dedans, elle a craché dans la mienne, et on les a serrées, comme on faisait quand on était petites. Pour sceller notre nouveau pacte, on a pris deux décisions. D'abord, on allait faire comme si notre vie avait commencé le jour même, sans regarder en arrière. Nos familles ne nous avaient apporté rien de bon de toute façon, aussi bien les oublier tout de suite. On s'avait l'une l'autre, c'était suffisant. Ensuite, on allait devenir indépendantes, autonomes et responsables, comme de vraies grandes personnes. Ça voulait dire ne dépendre que de nous-mêmes, ne rien devoir à personne et ne pas se laisser marcher sur les pieds.

Comme on se relevait pour retourner chez mes parents, ravigotées par nos décisions, Almée s'est mise à crier tout d'un coup.

– Un lapin! Chloé, regarde! Un lapin!
– Où ça, un lapin?

Elle m'a pointé la rue. Au milieu, il y avait une petite boule de fourrure à grandes oreilles qui bondissait vers nous. Je me suis approchée doucement pour regarder de plus près. Les lapins ne se promenaient pas en liberté comme ça, surtout pas au milieu d'un village vide. Ça devait être un lièvre. En plus, il était tout brun, c'était pas une couleur de lapin. Je l'ai dit à Almée, qui a secoué la tête et s'est obstinée à l'appeler «lapin». Elle s'est assise dans l'herbe devant la maison et a tendu la main; le lièvre est venu la renifler, puis il a sauté sur ses genoux. Avec un sourire immense, elle s'est tournée vers moi.

– Il m'aime! Est-ce qu'on peut garder le lapin, Chloé?

Almée avait l'air tellement heureuse, ça aurait été cruel de la contredire. J'ai souri et j'ai caressé la tête du lièvre.

– Si tu veux. Mais à condition qu'il mange de l'herbe, et pas nos légumes.

Almée a fait un bisou au lièvre et on a décidé de l'appeler Oreste. Ça fait savant, pour un lièvre, Oreste. Quand les gens allaient nous demander «Comment s'appelle votre lièvre?», on allait répondre «Oreste», et ils allaient tout de suite voir qu'on connaissait beaucoup de choses.

J'ai regardé Almée jouer avec Oreste et je me suis dit, même si on s'était promis de ne plus regarder en arrière, que j'aurais aimé montrer notre lièvre à ma sœur, parce qu'elle aimait les animaux, et surtout ceux qui n'étaient pas faits pour être domestiques. Elle avait déjà voulu avoir un rat, un corbeau, un serpent et même un homard, mais mes parents n'avaient jamais rien voulu savoir, alors ma sœur avait seulement eu un chat. Mes parents avaient appelé ma sœur Ophélie. Comme ça, quand les gens leur demandaient «Comment s'appelle votre fille?», ils répondaient «Ophélie», et les gens voyaient tout de suite qu'ils connaissaient beaucoup de choses. Quand les gens leur demandaient comment s'appelait leur deuxième fille, la réponse était pas mal moins impressionnante. C'était sûrement pour ça qu'ils étaient partis sans nous attendre.

*

On a installé notre quartier général dans la cuisine chez mes parents. C'était plus pratique, avec ma moitié de chambre et tout ça. Et puis on avait besoin d'un peu de stabilité pour nous concentrer : la situation nous avait dépassées, maintenant, il fallait la rattraper. Pour commencer, parce qu'on ne savait pas trop quoi faire, on a mis un disque, de la musique classique, pour nous aider à nous concentrer. C'était pas facile, avec Oreste qui bondissait partout. Ensuite, parce qu'il le fallait bien, on a vidé nos sacs à dos et on a fait l'inventaire de nos possessions. On a étalé tout ce qu'on avait à manger par terre dans la cuisine et on a essayé d'évaluer les possibilités. J'avais cru qu'on allait manquer de vivres, mais, en regardant toutes les provisions qu'on avait devant nous, on s'est vite rendu compte qu'on pouvait tenir sans problème jusqu'au surlendemain, et c'était sans compter les fruits et les légumes du potager derrière la maison. Ça nous laissait amplement le temps de nous revirer de bord et de décider ce qu'on allait faire de nos vies. Comme la conclusion était rassurante, j'ai proposé qu'on dorme là-dessus, épuisées qu'on était de nos quatre jours dans la boue. On méritait bien ça. Et, de toute façon, on ne voyait plus grand-chose avec le soleil qui baissait et on ne voulait pas brûler nos chandelles tout de suite. Alors on a cherché des vêtements qui pourraient nous servir de pyjama et, quand le soleil a été couché pour de bon (pas avant, on a des principes), on s'est serrées dans le lit qui était encore dans ma chambre et on s'est endormies tout de suite, comme des poules dans la paille.

Je me suis réveillée au milieu de la nuit, parce qu'Almée ronflait en tirant toutes les couvertures. J'ai tiré sur mon bout : je ne me laisse pas marcher sur les pieds, même par Almée. Almée avait beau être ma presque sœur, née onze minutes après moi, dans le même hôpital que moi, celui de la ville la plus proche de notre village, ça n'empêchait pas qu'il y avait des limites. Une fois abriée, j'ai essayé de me rendormir, mais il y avait autre chose qui me turlupinait, qui m'empêchait de ronfler plus fort qu'Almée. Je me rendais bien compte que, maintenant qu'on était rentrées et qu'il n'y avait plus personne pour prendre soin de nous, il allait falloir passer aux choses sérieuses. S'organiser. Au champ, c'était simple; les marmottes, les étoiles, notre seul arbre. On mangeait les fruits dans les buissons et, quand on en avait assez, on arrêtait et on s'assoyait par terre, on se cachait dans les herbes, on se racontait des histoires. Mais on ne peut pas vivre toute sa vie dans un champ; la preuve, c'était qu'on l'avait quitté après même pas deux semaines pour revenir dans notre village vide. Mais on ne pouvait pas non plus rester ici, au village : ou bien on allait mourir de faim, ou bien un avion allait nous atterrir sur la tête. Ça me rendait triste de le dire, mais on ne pourrait pas vivre ici en parfaite autarcie. J'ai secoué Almée, et je le lui ai dit.

– Almée, on ne pourra pas vivre en autarcie.

Elle a grogné un peu, puis elle m'a demandé où c'était, l'Autarcie. J'ai souri, mais j'étais inquiète, quand même. Qu'est-ce qu'on allait faire, toutes seules dans le grand monde? Je n'étais pas sûre qu'Almée comprenait bien les implications de nos décisions. Je lui ai jeté un œil et, avant de me rendormir, je me suis fait une promesse : j'allais veiller sur Almée comme une aînée, la protéger, comme à l'école quand on était petites et qu'elle se faisait achaler parce que ses parents avaient un drôle d'accent. Et surtout, on n'allait pas se quitter d'une semelle, jamais.

Le lendemain, quand je me suis réveillée, Almée était déjà levée et elle avait la tête d'une fille à qui la nuit a porté conseil. Elle avait un dictionnaire dans les mains et trépignait en attendant que je me réveille complètement. Dès que j'ai articulé «Bonjour!» elle s'est levée avec son dictionnaire et a lu d'une voix solennelle.

– «Autarcie, nom féminin : état d'une collectivité humaine qui se suffit à elle-même». T'as raison, on ne pourra pas vivre en autarcie, on est une trop petite collectivité. C'est pour ça que j'ai eu une idée!

Elle a sorti quelque chose du fouillis qu'il y avait sur le bureau, dans ma chambre, et elle m'a regardée d'un air mystérieux.

– As-tu des dards?

Intriguée, j'ai farfouillé un peu partout dans les tiroirs du bureau jusqu'à ce que je trouve un jeu de dards jaune qui appartenait à ma sœur. Je le lui ai tendu et elle a déplié un grand papier qu'elle a fixé au mur avec des punaises qui traînaient. C'était une carte du pays. Puis, elle m'a montré le dard.

– On va décider où on va aller!

Almée a fermé les yeux, le dard en main.

– Es-tu prête?
– Attends. Tu veux dire…
– Je vais lancer le dard, et l'endroit où il va tomber est l'endroit où on va aller! Comme on ne peut pas rester ici de toute façon, je me suis dit que c'était une bonne façon de prendre un nouveau départ.

Elle a rouvert les yeux.

– Veux-tu?

Je l'ai regardée un moment, impressionnée qu'elle prenne ainsi les choses en mains, et un peu terrifiée à l'idée de décider maintenant de notre futur, au hasard. Oreste a fait quelques bonds et Almée m'a fait un grand sourire. J'ai flanché.

– Ok. Vas-y!

Elle a refermé les yeux et, tout excitée, elle a lancé le dard. Puis, les yeux toujours fermés :

– Où est-ce qu'on va ? Où est-ce qu'on va ?

Le dard était tombé dans l'eau.

– À la mer.
– All right !

Je n'étais jamais allée à la mer. Je ne savais pas si c'était grand. Je ne savais pas si c'était beau. J'ai fouillé dans les livres sous le lit et j'ai trouvé un livre sur l'océan. Il n'y avait que des photos. Ça avait l'air joli. En tout cas, c'était plus grand que le village où on pouvait laisser gambader Oreste sans risquer qu'il se perde.

Puisqu'on avait hâte de partir en voyage, il valait mieux s'organiser au plus vite et partir dès qu'on serait prêtes. On a fait nos comptes et on a vu que, comme pour la nourriture, il faudrait être économes. Dans nos sacs à dos, on avait des billets et des chèques reçus en cadeaux d'anniversaire ou de Noël, une petite fortune cachée dans des paires de bas. Almée avait même apporté son petit cochon, au champ ; je l'ai cassé en le jetant par terre. Elle avait quelques dollars, c'était mieux que rien. En vendant nos bouteilles, on pourrait s'arranger pour avoir un montant respectable. Quand même, on a décidé d'aller à la mer en vélo ; ça coûtait moins cher que le train. Une fois les questions financières réglées, on s'est divisé les responsabilités : Almée étudierait la carte routière pour trouver le meilleur chemin et moi, je ferais nos bagages. Un peu étourdie par la tournure des événements, j'ai ouvert mon grand sac rouge, et j'ai entrepris de le remplir de tout ce qu'il fallait emporter. J'ai mis nos livres, ceux trouvés sous le lit, et nos vêtements, ceux qui avaient séché et ceux du placard. Des vêtements de voyage, mais aussi des habits chics : on ne sait jamais. J'ai ajouté ce qu'il restait de nourriture et un réveille-matin, puis je suis tombée sur les disques, et j'ai hésité. C'était le seul souvenir d'Almée, la seule chose que ses parents avaient laissée. Il fallait les prendre. Mais le tourne-disque ? Trop lourd. On le laisserait ici, au cas où on reviendrait un jour.

Mon vélo, quand j'aurais tout empaqueté, pèserait une tonne. Sur celui d'Almée, on allait attacher une boîte avec Oreste dedans. On l'emmenait avec nous. Quand on a eu fini de tout préparer, le soleil se couchait. Tout de suite, on a décidé de se coucher aussi : on allait partir le lendemain matin, à l'aube.

*

On avait roulé pendant des heures et des heures déjà, sous tous les soleils et même la nuit, et on n'y était pas encore. C'était loin, la mer. On suivait le chemin de fer, qui passait directement sur l'herbe verte. Une chance qu'on avait des tout-terrains! Parfois, des trains passaient et on devait se jeter dans le fossé si on ne voulait pas se faire ramasser; ça faisait peur à Oreste, qui restait crispé pendant des heures à chaque fois. Almée, qui a toujours été plus en forme que moi même si elle n'en avait pas l'air, pédalait gaiement à sept bons mètres devant moi, qui peinais derrière, soufflant et haletant comme un chien un jour d'été. Ça avait l'air de rien comme ça, mais c'était épuisant, un voyage en vélo.

– Allez, paresseuse!

Almée riait de moi. Ça me chatouillait un peu qu'elle prenne le contrôle de la situation. Depuis qu'on était parties, depuis son idée géniale, c'était elle qui gérait tout, les cartes, les livres, elle avait même apporté une encyclopédie, trouvée sous le lit dans ma chambre. Elle avait trouvé sa vocation, on aurait dit. J'ai quand même décidé de la laisser faire; si ça lui faisait plaisir, elle pouvait bien jouer un peu au capitaine. Tant qu'elle ne devenait pas tyrannique... Mais de toute façon, c'était pas son genre.

Hier soir, pendant qu'on faisait une pause pour regarder les étoiles, qui étaient les mêmes que chez nous, Almée m'a dit qu'à la mer, on pourrait voir la galaxie. Elle avait lu dans son encyclopédie que ça faisait comme un trait de pinceau dans le ciel. Elle m'avait montré aussi la ville qu'on allait devoir traverser pour arriver au port et à la mer. Parce que la mer allait se cacher dans les ports, pour qu'on ne la trouve pas, alors il fallait traverser des villes, avec des rues et des maisons, des villes portuaires. Je ne savais pas très bien ce que c'était, une ville portuaire. En essayant d'imaginer un port avec la mer cachée dedans, j'ai donné des grands coups de pédale, et j'ai fini par rejoindre Almée, devant. Elle m'a souri. On approchait du but. On commençait à distinguer des toits et des murs devant nous, des toits orange, comme chez nous. Je ne voyais pas encore l'eau, c'était à se demander si ce n'était pas une imposture, cette histoire de ville portuaire. C'était facile de mettre un port n'importe où pour faire croire qu'on vivait au bord de la mer, mais un port avec de l'eau dedans? Ha ha! C'était plus compliqué.

J'ai continué de pédaler en essayant de ne penser à rien sauf à mes coups de pédales, comme si ça allait aider mes jambes à survivre à l'épreuve que je leur infligeais. Quand Almée a crié, j'ai fait le saut, toute concentrée que j'étais sur mes cuisses, mes mollets et mes pieds.

– Ça y est!
– Quoi?
– On arrive!

En levant la tête, tout à coup j'ai vu le bout des rues, au loin, qui tombaient directement dans l'eau. On a embarqué sur la route, qui s'enfilait entre des maisons de plus en plus rapprochées, dans une côte qui plongeait au cœur de la ville. Almée se faufilait dans la rue comme si elle avait fait ça toute sa vie, et je filais à sa suite, un peu plus maladroitement. Oreste, dans sa boîte, avait les yeux ronds comme des boutons et le poil tout hérissé. J'ai regardé le petit bout de mer au loin, j'ai jeté un coup d'œil aux montagnes derrière, et à la ville tout autour. On dévalait la côte tellement vite qu'on était déjà tout près du but. On était en plein entre la mer et le reste. On était presque arrivées. Autour de nous, soudain, il y avait des gens, des hommes et des femmes, des humains en plein comme nous, qui passaient à côté de nous et qui ne nous regardaient même pas pendant que je les dévorais des yeux. Et puis il y avait des épiceries, des magasins de chaussures, une église, une maison en construction, tout ça qui s'additionnait de chaque côté de la rue. On était si habituées au vide que traverser cette ville dans toute sa démesure avait quelque chose de vertigineux. C'était une énorme ville, avec de grands bâtiments, des musées et des monuments, et puis des grandes artères et des tramways. C'était la première fois que je voyais de vrais tramways. J'ai cligné des yeux : à force de regarder, j'avais peur qu'ils explosent. Almée, elle, sûre de son coup, manœuvrait à travers tout ça comme une pro, sans même être jetée par terre par tout ce qui défilait autour de nous. Toute seule, elle a trouvé le chemin du port, le chemin de l'eau dans l'enchevêtrement des rues, et elle s'est arrêtée juste comme on arrivait au bord du quai. Derrière elle, surprise, j'ai freiné brusquement; mes freins pourris ont fait un bruit de mort et mon vélo a sursauté sous le choc. J'ai cherché un cérémonial, un signe, quelque chose qui marquerait notre arrivée à destination. Je n'ai pas trouvé. Tant pis, on était arrivées.

En reprenant notre souffle, on a regardé droit devant nous. Thalassa! Thalassa! La mer était là. C'était grand. C'était beau. Ça éblouissait, avec le soleil qui se coulait dedans et y laissait des marques. On avait envie d'entrer dedans nous aussi, d'y rouler à vélo jusqu'à ce qu'on ne puisse plus pédaler. Ça faisait comme un éclaboussement au ventre et, en même temps, ça prenait à la gorge; même l'air en était différent. En même temps que ça m'éblouissait, pourtant, ça m'apaisait. Toute cette eau devant nous, ça me donnait envie de respirer, de m'asseoir et de ne plus penser à rien. Almée a pointé une grosse pierre au bout d'un chemin qui s'avançait dans la mer, qui se jetait dedans à corps perdu, et on est allées s'installer dessus. Les vagues venaient nous éclater sur le bout des pieds. On a pris une grande inspiration; ça goûtait le sel. Sur les pierres qui avançaient dans l'eau, des gens avaient peint des images, avec des années, des noms. Partout, sur le sol du port, sur les murets, il y avait des peintures laissées par des marins de passage, avec les noms des membres de l'équipage et celui du bateau. C'étaient des gens qui avaient traversé l'océan, ils arrivaient ici épuisés et ils laissaient leur marque parce qu'ils étaient encore vivants, parce que l'océan ne les avait pas engloutis. Almée, le nez dans son encyclopédie, m'a dit que c'était une très vieille tradition. J'aimais bien ce genre de tradition.

Derrière nous, des tas de familles se promenaient et papotaient en mangeant de la crème glacée, des amoureux venaient se perdre les yeux dans les vagues qui cassaient à nos pieds, des garçons roulaient sur des planches, des enfants pêchaient. On avait l'air de parfaites citadines, assises ici parmi eux, si ce n'était qu'on avait un lièvre avec nous, et pas un chien. Je ne pensais pas que ce serait si facile d'arriver à la mer. On était arrivées comme j'arrivais chez moi le soir pour souper, comme le chat rentrait à la maison après être allé jouer dehors. On avait pédalé et la mer et son port nous avaient sauté au visage avec leurs habitants. La ville portuaire nous avait laissé nous incorporer à elle, et personne ne nous trouvait bizarres, étrangères, pas normales. Ils nous trouvaient juste sales, et ils avaient raison, avec toute la bouette qui nous avait revolé dessus pendant notre trajet dans les prés. J'ai jeté un coup d'œil à Almée. Il allait falloir se laver.

On a eu comme une illumination, après un long moment à regarder la mer, parce que le soleil descendait dans l'eau et qu'il allait se mettre à faire noir : c'était bien beau d'aller

à la mer, mais on ne pouvait pas dormir dedans, pas comme dans un champ. On n'avait
pas pensé à ça. Pas démontées pour deux sous,
on a marché avec nos vélos à la recherche d'un
endroit où dormir. On est passées devant les
marchands de livres et de tableaux qui rem-
ballaient leurs trucs, et on a trouvé une petite
place avec un hôtel – une sorte de, en tout cas.
Il était crasseux et encastré entre deux maisons, mais il avait des chambres et des salles
de bains. On s'est dit qu'il y avait là de quoi
satisfaire tous nos besoins primaires. C'était
sûrement affreusement cher, mais avions-
nous le choix?

– On a toujours le choix. Il faut juste être capable de vivre avec les conséquences.

J'ai fait un air étonné à Almée : visiblement,
elle s'était mise à la philosophie en cachette.
J'ai haussé les épaules, et on est entrées. On
avait peur qu'ils ne veuillent pas accepter
Oreste, à cause des odeurs ou quoi que ce soit,
alors Almée a pris Oreste dans son chandail et
la boîte vide dans ses mains. Ils n'ont pas posé
de question. On ne le laisserait pas se promener partout, par exemple; on avait bien trop
peur qu'il fasse des crottes. C'est malpropre,
un lièvre, ça ne sait pas vivre – même quand
ça s'appelle Oreste.

Finalement, on a abouti dans une chambre
avec lit double à l'étage. C'était petit, mais au
moins on avait une salle de bain. On a casé

nos vélos entre le mur et le lit, c'est le seul endroit qu'on a trouvé. Notre chambre donnait sur la cour carrée de l'hôtel, un petit carré d'herbe morte entouré de murs et de fenêtres. Si on avait connu les gens des autres chambres, on aurait pu leur crier des choses par la fenêtre, mais on ne les connaissait pas et on n'est pas comme ça, on ne crie pas après les étrangers. Alors on a laissé notre fenêtre fermée. Il y avait un petit fauteuil dans la chambre, et une commode en bois qui faisait semblant d'appartenir à une autre époque. J'ai commencé à y mettre nos vêtements et quand tout a été installé, je me suis assise sur le couvre-lit en faux satin pendant qu'Almée se plongeait dans son encyclopédie. Il y avait quelque chose d'excitant à être dans une vraie chambre d'hôtel. Quand on était petites, Ophélie et moi, on jouait à l'hôtel, chez feue notre grand-mère. On avait collé sur les murs des numéros de chambre et on avait accroché de vieilles clés dessous. Je faisais toujours la réceptionniste et Ophélie, la cliente immensément riche qui réservait toujours la même suite : la chambre de visite au tapis angora vert épinard. Nous n'étions jamais allées à l'hôtel. Il faudrait que je lui raconte ça, si jamais je la revoyais un jour.

En voyant le pantalon d'Almée plein de taches de boue, j'ai pensé qu'il allait falloir penser à se changer. Mais surtout pas avant d'être passées toutes les deux sous l'eau, pour pas gaspiller nos habits propres! J'ai poussé

Almée vers la salle de bain et, pour sauver de l'eau chaude et parce que c'est plus drôle, on est allées à la douche en même temps. Puis, on a grignoté des biscuits secs, on a donné une feuille de laitue à Oreste et on s'est couchées l'esprit en paix, épuisées par le voyage. On était propres et on avait un endroit où dormir; pour l'instant, c'était tout ce qui comptait. Pour le reste, on aviserait.

II

Où un poissonnier crie des choses par la fenêtre, où Chloé et Almée font de l'insomnie et où l'honneur est presque sauf

Ça changeait considérablement nos plans d'être obligées d'habiter à l'hôtel, mais on est des filles flexibles : quand on est propres et rassasiées, plus rien ne nous dérange. On a donc tenu conseil pour décider de la suite des choses. Almée a proposé qu'on se fasse péche-resses et qu'on vive sur un chalutier, mais on ne connaissait rien là-dedans, la pêche. Alors on a eu toute une idée. On allait faire comme mes parents quand ils partaient en vacances : du tourisme. On avait une vague idée de ce que ça voulait dire, en tout cas on savait que pour faire du tourisme, il fallait visiter la ville et rapporter des souvenirs, alors on a regardé notre capital. On a tout étendu sur notre lit, sur l'édredon en faux satin. Tous les sous, toutes les pièces et les billets qu'il nous restait, on a mis tout ça ensemble et on a compté. On s'est aperçu que, si on voulait rapporter des beaux souvenirs, on ne pouvait pas se permettre de passer nos vies dans les restaurants à jouer aux grandes dames. C'était dommage, mais c'était la vie : on s'en accommoderait. Heureusement, on pouvait rester à l'hôtel. Ça nous a rassurées. On ne savait pas très bien pour combien de temps on ferait du tourisme, ni où on rapporterait nos souvenirs ensuite, mais si on se fiait à mes parents, il fallait rester en ville au moins une bonne semaine. C'est parfait : de toute façon, on avait toute la vie devant nous.

Depuis qu'on était arrivées, je dormais comme une roche la nuit, malgré les monologues d'Almée, qui dissertait dans son sommeil. Ce matin, elle avait dû me secouer pour qu'on ne manque pas le déjeuner, servi à des heures pas possibles. On a couru en bas, où il restait plus grand-chose, mais on s'est contentées d'un bout de pain avec de la confiture d'abricots, et ça nous a comblées. On a aussi piqué un bol de salade de fruits pour Oreste – c'était pas des légumes, mais comme c'est du même groupe alimentaire, on s'est dit que ça devrait faire. Le cuisinier nous fait un clin d'œil et on lui a souri d'un air innocent : si on n'avait pas envie de se faire mettre dehors de l'hôtel comme des voleuses, on était mieux de l'avoir dans notre petite poche! De retour dans notre chambre, on a mis la salade de fruits dans la boîte d'Oreste, qui n'a pas eu l'air d'aimer les raisins, ni les pommes, ni les oranges, et encore moins les melons. Il n'y a même pas goûté, juste l'odeur l'a repoussé au fond de sa boîte. Almée était triste.

– On devrait aller au marché lui acheter de la laitue.
– Bonne idée, Almée! Et en même temps, on se trouvera quelque chose à manger pour dîner pas cher!

On était emballées. Restait à trouver le marché. On est allées consulter la madame de la réception de notre hôtel, elle nous a dit où trouver de l'information. Il y avait une librairie tout à côté, avec des guides sur la ville portuaire. On s'est dit que ça allait nous appauvrir, mais que ça en valait la peine, alors on en a acheté deux. Moi j'ai pris un répertoire historique des rues de la ville, et Almée a pris un livre plein de statistiques et d'information sur les édifices et les quartiers. Avec ça entre les mains, on allait tout savoir, tellement qu'on allait pouvoir aider les habitants à se retrouver dans leur propre ville. Dans le livre d'Almée, ils parlaient du marché public. Ils disaient où c'était, il y avait même des photos et tout ce genre de choses. Mais comme on préférait tout découvrir nous-mêmes, on a décidé de ne pas trop lire nos livres. Une nouvelle ville, c'est comme une surprise. Il ne faut pas se la faire dire d'avance, sinon, ça perd tout son effet. Alors on a pris notre sens de l'orientation à deux mains et on est parties chercher l'endroit au hasard, parce qu'on n'avait pas de plan. Dans le livre, ils disaient qu'il était assez bien caché : ça tombait bien, on était imbattables à la cachette. On allait voir ce qu'on allait voir !

La ville portuaire était faite en angles aigus. C'était pas très difficile d'imaginer, de conceptualiser, de comprendre où on était par rapport à la mer. On ne se perd pas facilement dans une ville étoilée, même quand on n'a pas de plan. On aurait aimé ça, mais on n'y arrivait pas. Alors on a cherché et on a dépassé toutes sortes de choses étranges, des choses qu'on n'avait jamais vues dans notre village. Une terrasse. Une arche. Une bibliothèque. Un pylône électrique. Des crottes de chien sur le trottoir. Un tout petit parc avec un seul buisson. Deux petites filles sautillant dans une fontaine. Des bancs. Beaucoup de bancs. Il y en avait un peu partout, comme laissés au hasard. L'urbanisme est une chose curieuse. En marchant le long d'une rue pleine de vitrines, on a même vu une fille comme une tour de Pise marcher penchée à cause de tous ses sacs. Tout à coup, Almée s'est énervée.

– Regarde! On pourrait leur voler leur sandwich! Ou leur vin rouge! Ou leur serviette de table pour se faire un tablier!

Tout excitée, elle avait repéré une terrasse qui débordait jusque sur le trottoir, avec des gens qui mangeaient presque dans la rue. Il fallait contourner les tables pour pouvoir continuer, et risquer de se faire écraser par un camion, ou alors passer entre les gens comme dans un labyrinthe. On s'est enfoncées dans la masse de tables en essayant de ne rien renverser, et en plein milieu, j'ai eu un flash, je me suis arrêtée : dans notre recherche à travers la ville, un petit indice ne ferait pas de tort, et c'était le moment ou jamais. Je me suis tournée vers une dame assise seule.

– Excusez-moi, Madame, on cherche le marché. Pouvez-vous nous dire si on gèle ou si on brûle ?

La dame n'avait pas l'air habituée aux civilités provinciales, elle nous a dévisagées, Almée et moi, d'un air offensé avant de répondre de peine et de misère qu'il fallait redescendre la côte et tourner à gauche au bout de la rue. Ça gâchait un peu le jeu, mais on n'a fait comme si ça nous faisait rien.

– Merci Madame! Bon appétit!

Et on s'est sauvées en éclatant de rire après lui avoir volé un morceau de fromage, sous les yeux plissés des clients coincés. Décidément, les gens qui mangeaient sur des terrasses n'avaient aucun sens de l'humour!

La dame avait raison, pourtant. En descendant la côte et en tournant à gauche, on a bel et bien trouvé le marché public. Almée a sorti son livre et a comparé avec les photos.

– C'est lui! On y va!

C'était un marché à ciel ouvert, avec des toits de fortune au-dessus des étals. Rien à voir avec notre petite épicerie de village, ni avec la foire agricole où les cochons se promenaient en liberté! Tout autour du marché, il y avait des murs céramiqués de bleu et de jaune et, au-dessus de la porte, il y avait une inscription dans une autre langue. Parce que, même si le marché était dehors, il avait une porte. Deux portes, mêmes. Des grosses portes en bois qui se fermaient avec une barre de fer. Heureusement, la barre de fer était levée, les portes étaient ouvertes, et on a pu passer les murs du marché, tout essoufflées d'avoir couru.

– Wow! As-tu vu? C'est quel légume, ça?

Almée a attrapé dans un panier un fruit en forme de ville portuaire. Comme je la connaissais, elle ne le mangerait pas pour le garder en souvenir. On a fait quelques pas dans le marché, époustouflées. Juste à côté de nous, derrière son comptoir blanc et sanglant, la bouchère était en train de couper des côtelettes dans un grand morceau de viande, et les mouches par terre dévoraient des raisins bleus échappés de leur panier. Plus loin, des gens vendaient des jus de fruits pressés, des fleurs, du café, du pain frais. En suivant l'odeur, on a fini par tomber sur la poissonnerie. Je n'avais jamais tellement aimé le poisson, mais à la mer, il fallait faire comme les marins. On ne pouvait plus se comporter en vulgaires terriennes, il fallait jouer le jeu pour de vrai.

On tombait en pleine effervescence du grouillez-vous-on-ferme-dans-quinze-minutes : c'était bientôt l'heure de manger et les poissonniers voulaient faire une pause. Ils nous regardaient avec un air, mais on s'en moquait bien. Almée était trop fascinée par son fruit pour s'en faire, de toute façon. Les pêcheurs avaient rapporté des poissons qui s'étendaient par terre dans des grands bacs bleus, qu'un grand jeune homme – beau, frisé, blond, en uniforme réglementaire (salopette et bottes de pluie) – s'affairait à remplir de glace à grands coups de pelle. Il n'avait pas l'air très concentré : ça revolait partout et la glace nous glissait sur le bout des pieds sans aucune retenue. C'était le vrai bordel sur le plancher de la poissonnerie, c'était pas propre pour deux sous, mais on avait envie de le lui pardonner, parce qu'il était beau, et peut-être un peu aussi parce qu'il nous souriait depuis qu'on était entrées. Je lui ai rendu son sourire et je me suis tournée vers Almée, qui avait subitement oublié son fruit et qui s'était mise à observer avec un drôle d'effroi les yeux morts des poissons qui traînaient partout. Pour ne pas devoir les regarder trop longtemps, on s'est dépêchées d'en adopter deux qu'on allait manger crus, faute d'installations pour les faire cuire. On n'allait quand même pas abuser du cuisinier de l'hôtel! Et puis j'avais entendu dire par ma sœur Ophélie, qui faisait toujours venir des magazines de la grande ville, que le poisson cru, c'était la nouvelle mode. Ma mère n'avait jamais, au grand jamais, voulu essayer d'en préparer, mais j'étais plutôt curieuse : ça serait peut-être meilleur que le poisson cuit. Un gros monsieur à tablier avec un air de forgeron nous a regardé par-dessus sa moustache, l'air lui aussi de dire choisissez-vos-poissons-qu'on-en-finisse, et a tapé la paume de sa main avec une grosse brosse à poils durs. Un peu impressionnées, on lui a pointé nos poissons pour qu'il les ramasse et, avec sa brosse, il les a débarrassés de toutes leurs écailles et de leurs tripes, c'était absolument écœurant de voir ça. Il nous les a emballés et on l'a payé, puis on s'est poussées avec notre butin, pas peu fières. Avec ça et deux ou trois tomates, et une feuille de laitue pour Oreste, on allait bien se débrouiller pour manger correctement.

*

On ne voulait pas abuser du cuisinier de l'hôtel, mais, quand même, heureusement qu'il nous aimait! On a pu voler grâce à lui de la vaisselle et des ustensiles pour manger nos poissons. On a vidé le minibar de la chambre pour s'en faire un frigo où garder notre bouffe au frais. C'était plein de bouteilles partout par terre, ensuite, mais ça nous dérangeait pas. Par contre, il fallait faire attention pour ne pas marcher dessus, ça aurait été bête. Oreste était terrorisé par notre bordel, il s'est poussé au fond de sa boîte et il s'est mis à grelotter. Ça faisait drôle de voir un lapin grelotter : il avait les poils tout hérissés, comme quand on était tous arrivés dans la ville portuaire. J'avais bien peur que la vraie vie ne soit pas faite pour lui, ni le poisson cru. Tant pis, il ne savait pas ce qu'il ratait. Nous, on se tapait tout un festin, bien assises sur le lit.

Première découverte : le poisson cru, c'est pas très propre. Même qu'en fait, on était en train de cochonner toute la chambre avec notre dîner. Je voulais bien croire qu'il y avait des femmes de chambre pour ça, mais n'empêche que c'était un peu gênant. Je commençais à penser qu'on aurait besoin d'une nappe. Je me suis levée.

– Bouge pas ! Je reviens !

Almée, très douée au jeu de la statue, a gardé la pose pendant que je filais à la cuisine. J'aurais mis ma main au feu qu'elle serait encore immobile quand je reviendrais.

Dans l'escalier qui tournicotait, je bondissais en faisant assez de bruit pour réveiller tous les fainéants qui dormaient encore – mes parents auraient dit que je descendais comme un éléphant. Mes pieds laissaient de grosses traces dans le moelleux des tapis rouges et bruns, pas très bien harmonisés avec les murs tapissés verts. Mes doigts qui glissaient laissaient du jus de poisson partout sur la rampe en bois. C'était sanitairement discutable, mais je n'y pouvais rien.

L'escalier qui tournicotait ne tournicotait pas pour rien ; il tournait autour d'une cage en fer avec des câbles d'ascenseur au milieu, le genre d'ascenseur qui fait qu'on sait qu'on est en train de monter parce que le paysage défile à la verticale. Le genre aussi qui fait un grincement effrayant, comme s'il allait lâcher n'importe quand; c'est pour ça qu'Almée et moi on préférait ne pas le prendre. Et puis, c'était meilleur pour les mollets, les escaliers. Arrivée en bas, je me suis cogné le nez sur une porte.

– Aaaah, zut!

L'heure du déjeuner était passée et l'hôtel boycottait le repas du midi; la salle à manger était fermée! Aucun moyen d'atteindre la cuisine. Remerde. En plus, avec mes doigts tout sales s'acharnant sur la porte, la vieille vache maussade de la réception n'allait pas être contente. Elle risquait même de tousser légèrement dans ma direction, avec un air digne et condescendant :

– Excusez-moi, c'est fermé.

De guerre lasse, j'ai abandonné et je suis remontée en ruminant une solution. Almée devait commencer à avoir des fourmis dans les jambes, là-haut.

L'ascenseur à côté de moi était en train de grincer. J'ai jeté un coup d'œil à l'intérieur pour voir la tête du client téméraire qui osait le prendre. Surprise! À l'intérieur, un grand jeune homme – beau, frisé, blond, en uniforme réglementaire – sentait le poisson autant que

moi. J'ai eu un petit frisson en le reconnais-
sant, puis un autre quand il m'a saluée. De sa
cage de métal, il a demandé :

– Vous avez une chambre ici ?

J'ai rougi et j'ai fait oui de la tête. Il a souri
et il a ouvert la bouche, mais je ne lui ai pas
laissé le temps d'ajouter quelque chose. J'étais
arrivée à notre étage et je me suis précipitée
dans la chambre après lui avoir fait salut du
bout des doigts.

– Almée, tu peux arrêter, je suis revenue !
– Fiou !

Almée a filé aux toilettes sans même se
demander si j'avais rapporté une nappe.
C'est bien connu : les besoins fondamentaux
sont plus importants pour l'humanité que
la simple propreté. Je l'ai attendue en trépi-
gnant un peu, puis j'ai eu un flash. Quand
elle est revenue, mieux disposée à discuter
des problèmes strictement sanitaires, je lui ai
dit mon idée. Comme on n'avait pas apporté
le tourne-disque, tous nos vinyles étaient dé-
sœuvrés : on allait donc se faire une nappe en
disques ! L'avenir était dans la réutilisation, de
toute façon. Et ça ne risquait pas d'être trans-
percé par le liquide, au moins. Sur le plancher
de la chambre, juste en dessous de la fenêtre
grande ouverte, on a donc tassé les bouteilles
et on s'est installé un coin pique-nique sur
fond rock. Quand on a eu fini, j'ai reculé un

peu, pour avoir une vue d'ensemble. Ça donnait un style fou à nos installations!

– HÉ!

Almée m'a regardée.

– Quoi?

J'ai pas compris.

– Comment, quoi?
– T'as dit «HÉ».
– J'ai rien dit du tout.

Almée a regardé par la fenêtre.

– HÉ! ICI!

Il y avait quelqu'un qui criait par la fenêtre, en face. Almée a passé la tête dehors, puis elle s'est tournée vers moi.

– Tu crois que c'est à nous qu'il parle?

J'ai hésité un instant, à cause de ma rencontre dans l'escalier, mais je n'y croyais pas trop.

– Bah non, on connaît personne ici.
– Il me fait des signes, on dirait. Qu'est-ce qu'on fait?

J'ai passé la tête dans la fenêtre. En face, un étage plus haut, le grand jeune homme – beau, frisé, blond, en uniforme réglementaire – faisait des grands signes en criant par sa fenêtre ouverte. J'ai eu un nouveau frisson et j'ai regardé Almée, qui a haussé un sourcil.

– Tu le connais?
– C'est le poissonnier.
– Qu'est-ce qu'il nous veut?
– On va le savoir.

J'ai repassé ma tête par la fenêtre.

– QUOI?
– BONJOUR!
– QU'EST-CE QUE TU VEUX?
– SAVOIR SI VOUS ÊTES OCCUPÉES CE SOIR!

J'ai hésité une seconde. Almée m'a tirée par la manche.

– Invente quelque chose! Dis que oui!

J'ai plissé le nez. Je trouvais terriblement excitant qu'un bel inconnu nous crie des choses par sa fenêtre; je n'allais pas ruiner cette formidable occasion avec un odieux mensonge.

– ON EST LIBRES! POURQUOI?

– RENDEZ-VOUS EN BAS À HUIT HEURES?

Almée a encore tiré sur ma manche.

– Dis non! Dis non!

J'ai fermé les yeux un instant puis je me suis lancée, sans y penser.

– D'ACCORD! À CE SOIR!

J'ai refermé la fenêtre.

– Pourquoi t'as fait ça? On avait dit qu'on n'avait besoin de personne!

Almée était catastrophée. J'imaginais son petit cœur palpiter de timidité dans sa poitrine à l'idée d'aller rencontrer un inconnu qui sentait le poisson, à l'idée de ne plus m'avoir à elle toute seule.

– T'inquiète pas, ça nous engage à rien. Tu ne trouves pas ça terriblement excitant, toi, un bel inconnu qui crie à sa fenêtre pour nous parler?
– Non.

Et elle est allée s'asseoir sur le lit, les bras croisés, en faisait la moue. J'ai essayé de lui changer les idées.

– Allez, on va finir notre poisson. Faudrait pas que notre nouvelle nappe serve à rien!

Elle n'a rien répondu. J'avais encore faim, alors j'ai décidé de finir mon dîner quand même. Je me suis installée sur la nappe et j'ai mangé mon poisson en silence pendant qu'Almée restait sur le lit sans bouger. Quand j'ai eu fini, je me suis tournée vers elle.

– Tu veux pas qu'on aille se promener?
– Non.

Je suis restée là un instant à la regarder, sans trop savoir quoi faire. Puis, j'ai poussé un soupir. Avec Oreste qui remplissait compulsivement sa boîte de crottes et Almée qui boudait dans un coin, l'air accusateur, l'atmosphère devenait malsaine.

– Tant pis. J'y vais, moi. On se voit plus tard.

Et je suis sortie. J'allais pas céder à ses caprices d'enfant gâté, quand même.

J'ai dévalé les escaliers en regardant partout au cas où le poissonnier serait encore dans les parages puis, vu qu'il n'y était pas, je suis sortie de l'hôtel. Je ne suis pas allée bien loin : j'avais à peine fait cinq pas le long de la façade qu'une arête de poisson m'est tombée dessus. J'ai pensé qu'Almée se vengeait en me jetant nos restes par la tête, mais non. C'était une grosse madame qui vidait sa poubelle de son balcon jusque dans la rue. J'ai été tellement choquée que je suis rentrée m'asseoir dans le hall en me promettant d'y rester jusqu'à ce que la rancune d'Almée ait eu le temps de se calmer. La grande ville n'était peut-être pas faite pour moi, tout compte fait.

*

Un peu avant l'heure du rendez-vous, je suis remontée chercher Almée. Elle ne boudait plus, elle était trop occupée à jouer avec Oreste en chantant une berceuse que ma mère nous chantait, à Ophélie et moi, et dont je lui avais appris les paroles. Ça parlait de montagnes, de cloches et de bergers. La voix d'Almée était la plus belle chose que je n'avais jamais entendue. Je n'osais pas la déranger pour lui dire qu'il faudrait descendre, ça aurait été mal choisir mon moment, alors je me suis assise derrière elle contre la porte, et j'ai écouté en silence pour qu'elle ne me remarque pas. C'était beau. Elle ne tirait aucun orgueil de sa voix, parce qu'elle ne savait pas que je l'écoutais. Si elle avait su, ça aurait été moins beau. Quand la chanson a été terminée, tout à coup, elle s'est retournée et elle m'a vue. Elle m'a fait un regard surpris et intimidé, toute gênée que je l'aie entendue. Puis, tout de suite, elle m'a fait un grand sourire.

– Regarde, Oreste a mangé sa laitue!

Elle est comme ça, Almée, pas rancunière. Je me demandais souvent si c'était par bonté ou simplement parce qu'elle avait la mémoire courte.

– Tu viens? Il est presque huit heures.

J'ai vu son visage changer et je me suis dit que tout ça n'était peut-être qu'une affaire de mémoire, finalement : elle venait de se rappeler notre rendez-vous et soudain elle n'avait plus l'air contente du tout.

– Est-ce que je suis obligée ?
– Tu vas pas me laisser y aller toute seule, quand même ?

Elle a hésité. Elle était terrorisée, la pauvre. Pour la rassurer, je lui ai permis d'emporter Oreste, qu'on a sorti de sa boîte, puis je lui ai pris la main et je l'ai traînée de force jusqu'en bas. On s'est assises dans l'entrée, tremblant toutes les deux pour des raisons différentes en attendant que huit heures sonnent.

À huit heures tapant, le beau grand jeune homme est arrivé, sans son uniforme réglementaire. J'ai fait un clin d'œil encourageant à Almée, et il nous a tendu la main en faisant un grand sourire.

– Moi, c'est Laurent.

J'ai poussé Almée du coude. Elle a réussi à articuler son nom et j'ai serré la main de Laurent en me présentant de la façon la plus détendue possible, c'est-à-dire en serrant les mâchoires et en tremblant de tout mon corps.

– Je m'appelle Chloé.
– Et comment s'appelle votre lapin ?

– C'est un lièvre. Il s'appelle Oreste.

Laurent a haussé les sourcils, l'air pas tellement impressionné par notre culture; mais on avait envie de le pardonner, parce qu'il était beau. Puis on est sortis, mais on s'est arrêtés dans la rue, parce qu'on ne savait pas trop par où aller, ni par où commencer. C'était la première fois qu'on avait rendez-vous avec un inconnu, on ne savait pas comment gérer ça. Alors, pour meubler le silence et pour faire la conversation, je lui ai raconté mon histoire de poubelle de tout à l'heure. Il a bien ri et m'a dit qu'il n'avait jamais vu personne vider ses poubelles de son balcon, ni, d'ailleurs, aucun individu louche sur un trottoir, ni aucune bagarre aux abords d'un bar glauque, mais que toutes ces choses arrivaient systématiquement devant les touristes et les gens de passage. Peut-être seulement parce qu'ils le remarquaient plus, parce qu'ils étaient plus craintifs, plus impressionnables.

Laurent ne venait pas de la grande ville, lui non plus. En nous entraînant vers la terrasse de l'hôtel, il nous a raconté qu'il venait d'une ville beaucoup plus petite, sur une île dans laquelle il étouffait. Alors il était parti pour la ville portuaire et il était devenu poissonnier, le temps de changer d'air. Il retournait chez lui de temps en temps, et là-bas les gens trouvaient qu'il avait changé. Je ne savais pas comment il était avant, mais je l'aimais plutôt bien comme il était maintenant. Je le regardais nous raconter tout ça en gesticulant beaucoup, et je le trouvais attachant. Même s'il était un peu trop sûr de lui, un peu trop insouciant, un peu trop démesuré.

Puis, à notre grande surprise, on a appris que Laurent ne vivait pas dans notre hôtel. Ou plutôt qu'il ne vivait plus dans notre hôtel. Il venait de se trouver un appartement, en pleine ville. Quand je l'avais croisé plus tôt dans l'escalier, il venait récupérer ses derniers bagages. Et il n'était plus poissonnier non plus. Il s'était trouvé un nouveau travail, en pleine ville : il allait devenir afficheur de rue. Un afficheur de rue, ça pose les affiches pendant la nuit pour que, pendant le jour, elles aient l'air de s'être régénérées toutes seules sur les palissades. Tout ça pour dire que c'était un méchant coup de chance qu'on se soit rencontrés ici. En tout cas.

On est restés à la terrasse de l'hôtel, parce qu'on pouvait voir la mer et qu'on pouvait boire des chocolats chauds pour pas cher. Laurent, lui, a pris une bière. Pendant qu'on gardait le nez dans nos tasses, on l'a fait parler, parce qu'on était curieuses et parce qu'on avait envie de boire ses paroles. De fil en aiguille, on en est venus à parler de nos villages respectifs, nous de l'aéroport, lui de son île et du resto de ses parents. On a relevé les ressemblances et les différences entre nos vies et la sienne (il y avait plus de différences qu'autre chose), on l'a écouté raconter son travail de poissonnier et son enfance à jouer avec des chevaux sur une ferme, on a raconté notre voyage en vélo, ça l'a pas mal impressionné, et il s'est mis à nous traiter de grandes voyageuses. Puis ça en est resté là, parce qu'à minuit, il a fallu qu'il parte travailler à son nouvel emploi. Il s'est levé et nous a fait des grandes embrassades. Almée était toute gauche et raide dans ses grands bras; moi, j'ai un peu fondu quand il m'a touchée. Il a sorti un papier et un crayon de sa poche.

– Appelez-moi cette semaine. Il faut que je file!

Ça nous a pris de court, ça nous laissait sur notre faim. Comme on n'avait pas trop le choix, alors on l'a laissé partir, mais on a mis son numéro de téléphone dans la poche d'Almée, pour ne pas le perdre. Almée avait fini par se laisser charmer, elle aussi. Elle est comme ça, Almée : des fois, il faut la forcer un peu. Puis on a payé nos chocolats chauds et on est allées se coucher, tout de suite après qu'il a été parti. Ou en tout cas, on a essayé : on était beaucoup trop énervées pour dormir.

– T'imagines! Il veut qu'on le rappelle!
– Je sais!

Almée n'en revenait pas non plus. Elle n'arrêtait pas de sautiller, tellement elle n'en revenait pas. J'ai fait pareil : c'était sûrement la chose la plus excitante qui ne nous était jamais arrivée.

C'est seulement vers quatre heures qu'on a réussi, de peine et de misère, à s'endormir. En se réveillant le lendemain, il était encore trop tôt : on aurait bien voulu l'appeler, mais on l'aurait réveillé, et on ne voulait pas faire mauvaise impression la première fois qu'on lui téléphonerait. Alors on a tourné en rond pendant des heures jusqu'à ce qu'Almée prenne les choses en main :

– On va ouvrir nos livres, sinon on va perdre notre journée.

C'est ce qu'on a fait. De toute façon, je n'avais pas de meilleure idée à lui proposer. Le livre d'Almée était le plus beau, il fallait bien lui donner ça, alors c'est par lui qu'on a commencé. Au début, on a seulement regardé les images, pour se mettre l'eau à la bouche. Puis, on s'est installées une en face de l'autre sur le lit et on a fait un concours de l'extrait le plus ennuyeux. C'est Almée qui a lu en premier – après tout, c'était son livre.

– La ville portuaire a une population de 2,3 millions d'habitants. C'est la plus grande ville du pays. Elle fait 480 km² de superficie et son territoire urbanisé est de 90%.

Si elle pensait m'avoir avec des statistiques! J'ai répliqué par un extrait sur le commerce. Elle en a rajouté avec l'héritage des communautés religieuses. Pour l'achever, je lui ai lu la biographie du maire.

– Ça va, t'as gagné. Quelle heure il est?
– Trop tôt.
– Merde.

Merde? Quand Almée dit «merde», c'est qu'elle est vraiment très contrariée.

– On essaie de dormir?
– Rêve toujours.

Alors on a ouvert mon livre, et ça a continué comme ça jusqu'à ce qu'on en arrive à ne plus savoir à quoi jouer. C'est à ce moment-là que, le cœur battant dans la gorge et l'estomac pétillant un peu trop, on a eu une bonne idée : on a décidé de jouer aux touristes, pour de vrai. Après tout, c'était pour ça qu'on était ici. Ça nous a comme recentrées, on s'est tout de suite senties mieux. On est donc retournées à la librairie et on a ramassé des dizaines de dépliants sur les attractions typiques de la ville portuaire. Au diable la dépense, on allait se payer des vacances comme on n'en avait jamais eu! On a étalé tous les dépliants sur le lit et on s'est mises à les regarder pour se choisir une première activité. Il y en avait tellement qu'on ne savait pas par où commencer, d'autant plus qu'on n'avait pas tellement d'expérience là-dedans : on n'était jamais allées en vacances. On s'est dit que pour bien faire notre choix, il fallait qu'on classe les activités et les attractions par type, pour ne pas refaire trois fois la même chose, et qu'on prenne le temps de lire chaque description et de bien regarder toutes les images. Alors on a pris chacune un dépliant, et c'était parti mon kiki.

Rien que faire le classement, ça nous a pris tellement de temps que, quand on a eu fini, c'était déjà l'heure à laquelle on pouvait appeler Laurent en restant dans les limites de la civilité, c'est-à-dire vers le tiers de l'après-midi. On a tiré à pile ou face pour savoir qui l'appellerait, et c'est tombé sur Almée, mais elle tremblait tellement qu'elle m'a donné son tour. J'avais pas trop le choix d'accepter, si on espérait revoir Laurent un jour. J'ai composé son numéro, ça a sonné, et il a répondu avec une voix pas du tout endormie. Ouf! On le réveillait pas! Rassurée, je lui ai annoncé notre beau projet de tourisme, fière de notre coup. Il a ri.

– Excellent! Bougez pas!

Et il a raccroché. On n'a pas bougé.

Il est arrivé 15 minutes plus tard avec des gourdes et un sac à dos. En lui ouvrant la porte (je me suis dit que, rendue là, je n'étais plus obligée de faire la statue), je me suis presque évanouie, tellement j'avais pensé à lui au lieu de dormir, cette nuit. J'ai attrapé la main d'Almée et Laurent nous a tendu à chacune une gourde.

– Je vous emmène pour votre première visite! On va grimper le grand pic!

Je me suis souvenue d'avoir vu ça quelque part dans nos dépliants, le grand pic. On s'est consultées par télépathie : Almée avait les yeux tout brillants. J'ai dit oui pour nous deux.

Pour aller jusqu'au grand pic, qui était un peu à l'extérieur de la ville, on a commencé par marcher dans sa direction, sans trop se presser. En chemin, Laurent nous a raconté toutes sortes d'histoires qu'il avait apprises sur la ville. Par exemple, il y avait eu un grand tremblement de terre 20 ans plus tôt, et toutes les routes avaient été détruites. Ils avaient dû tout reconstruire. Ça m'a fait un frisson dans le dos : j'espérais bien que ça n'arriverait pas encore une fois pendant qu'on était là. Puis, comme on approchait tranquillement du bas de la montagne, Laurent nous a appris que pour la grimper, il fallait se rendre à mi-hauteur en voiture, parce que sinon on allait se décourager avant le sommet et on raterait tout le panorama. On a levé les sourcils, perplexes : on n'avait pas de voiture, et on n'avait pas d'argent personne pour un taxi. Laurent était entre deux boulots, et Almée et moi, on avait un capital très limité. Laurent n'a pas eu l'air de trouver ça plus problématique que ça.

– On a juste à faire du pouce! Les gens sont super gentils, ici.

J'ai regardé Almée. Elle avait la même lueur de panique dans l'œil que moi. Laurent l'avait remarqué, lui aussi.

– Voyons, c'est pas dangereux! J'en fais tout le temps. Vous allez voir, y a rien là.

C'était hors de question. On ne faisait pas de pouce. Ça faisait partie de nos gènes, presque, depuis ce qui était arrivé.

Dans notre village, les gens n'avaient pas de voitures. Ils avaient des pick-up. Des gros camions rouges bons pour transporter des sofas et déménager des frigidaires, ou pour ramener un cochon de la foire agricole. Au village, conduire un pick-up n'était pas un luxe, c'était une obligation; quand il se mettait à pleuvoir, il fallait des bons pneus pour aller chercher du charbon à la ville la plus proche.

Passé le village, juste après la dernière maison de la rue principale, il y avait une grande côte avec, juste au bout, une courbe. Si on la ratait, on finissait dans le précipice. C'était arrivé plusieurs fois, surtout à des étrangers qui n'avaient pas de pick-up. Nos mères en parlaient tout bas en faisant trembler leurs tasses de thé, les yeux comme des billes, et nous interdisaient de traîner nos vélos jusque-là. L'endroit maudit, quoi.

Un jour, deux filles du village avaient décidé de partir, histoire d'aller voir ailleurs si elles y étaient. Elles s'étaient installées sur le bord de la route, le pouce levé, et elles avaient attendu que quelqu'un veuille bien les ramasser. Un camion s'était arrêté, mais au moment de monter, une des filles avait dit «Non, moi je monte pas là-dedans. Je lui fais pas confiance». L'autre avait répliqué, elles s'étaient tiré les cheveux, elles s'étaient crié des noms, mais ni une ni l'autre n'avait cédé. La première avait envoyé promener la deuxième et n'avait pas embarqué; la deuxième était montée quand même, en traitant l'autre de poule mouillée. Le camion, en bas de la côte, avait fini dans le précipice, avec la fille dedans.

Tout ça pour dire que, depuis ce temps-là, il était hors de question qu'on fasse du pouce. C'était au-dessus de nos forces, au-delà de la raison. Mais on ne pouvait pas vraiment l'expliquer à Laurent, on aurait eu l'air un peu paranos. J'ai jeté un dernier regard à Almée, qui gardait la bouche fermée de toutes ses forces, et puis je me suis sacrifiée.

– Euh, Laurent... En fait, je pense que c'est pas une bonne idée de monter le grand pic.
– Pourquoi? Je pensais que vous vouliez voir les attractions locales!
– Oui... Mais, euh... On n'a pas dormi de la nuit, parce que... Parce que nos voisins de chambre faisaient du bruit. Et donc on est vraiment épuisées...

Almée, soulagée, a pris timidement la relève.

– C'est vrai, ils n'arrêtaient pas de crier d'une fenêtre à l'autre!

Je lui ai lancé un regard oblique. Laurent a fait une petite moue, que je n'ai pas réussi à interpréter. Almée a réattaqué.

– On pourrait aller se promener au bord de la mer, à la place! Tu pourrais nous montrer le port, et on mangerait, euh, des fruits de mer, ou quelque chose du genre...

On n'avait même jamais vu de fruits de mer, mais Almée avait dû se dire que ce serait plus attrayant qu'une simple promenade sur la plage. Laurent, qui nous avait regardées patiner avec les sourcils froncés, a haussé les épaules.

– Si vous voulez. C'est vous les touristes, dans le fond.

Et on a viré de bord en laissant échapper un soupir. On l'avait échappé belle, et notre honneur était presque sauf.

III

*Où Laurent cuisine du lapin,
où Chloé joue au Roi du Silence et où
Venise sort ses tentacules*

Ça s'est passé plutôt vite, mais il y a une semaine, on a emménagé avec notre poissonnier.

Quelques jours après l'ascension ratée du grand pic et la promenade sur la plage, il nous a invitées chez lui et il nous a reçues dans sa cuisine bleue, à sa table jaune. Il nous a préparé des sandwichs gigantesques avec du lapin, de la moutarde, des canneberges et toutes sortes de trucs dedans. Ça n'a pas trop plu à Almée, le coup du lapin, mais elle a été polie et elle a fait comme si de rien n'était, elle a tout mangé. Elle a même bu un peu de la bière que Laurent nous avait servie, une grosse bière noire et épaisse fabriquée de l'autre côté de la rue. Ça goûtait drôle, pourtant, et quand on en buvait trop, trop vite, ça tournait un peu.

Dans une autre vie, dans son village natal, Laurent était cuisinier, puis il était venu ici, et tout avait changé. Il nous a raconté qu'il avait perdu son dernier appart parce que le proprio l'avait mis dehors pour loger sa mère, qu'il en avait marre de l'hôtel où il s'était installé en attendant, mais que son nouvel appartement était beaucoup trop cher pour lui tout seul et qu'il ne connaissait personne qui se cherchait une chambre... Sauf peut-être nous.

– Mais le problème, c'est que, justement, il y a juste *une* autre chambre.
– C'est pas grave, on peut partager. Ça ferait pas tellement changement.

C'était sorti tout seul. J'étais trop saoule et trop impressionnée pour même penser à refuser son offre. Almée aussi, on aurait dit. Comme quoi cette idée-là n'était peut-être pas si mauvaise que ça. On a quand même essayé d'en savoir un peu plus sur lui, parce qu'on n'emménage pas avec quelqu'un juste comme ça, parce qu'il est beau, ex-cuisinier, ex-poissonnier et nouvellement afficheur de rue. Surtout que, quand on était arrivées chez lui, on avait croisé dans l'escalier une fille toute en jambes et en lumière qui soufflait un baiser en direction de son appartement. On l'avait laissée passer, un peu intimidées par son air de vraie femme, et quand elle avait disparu avec ses cheveux qui voletaient autour de son visage, on s'était regardées sans trop savoir quoi penser. On croyait que ce genre de fille existait juste dans les films, pas dans la vie des gens qu'on rencontrait au marché. Alors on a fait parler Laurent, encore, pour essayer de comprendre quel genre de personne avait des amies comme celle-là.

On a appris que ça faisait déjà trois ans qu'il était arrivé en ville, mais qu'avant ça, il y était déjà venu plusieurs fois. On a appris qu'il était bon au poker, mais pas au paquet voleur. Qu'il savait jouer de la musique (j'ai poussé Almée du coude : «Ça tombe bien, moi je connais quelqu'un qui sait chanter!»). Qu'il aimerait bien étudier, mais qu'il ne savait pas trop quoi étudier au juste. Qu'il aimerait surtout voyager, peut-être pour aller voir un de ses amis, Loïc, qui habite dans une ville de surfeurs, de l'autre côté de l'océan. Qu'il aimait aussi faire la fête et lire des bandes dessinées, mais qu'il détestait par-dessus tout les écureuils, les comptes et le patinage artistique. Comme on connaissait rien là-dedans, on pouvait pas le contredire. En fait, on connaissait tellement rien dans tout ça qu'à l'écouter, on avait encore plus l'impression de vivre sur une planète différente de la sienne. On voulait pas le juger, mais nous on aimait les livres, la musique, les lapins, les champs et les étoiles, et on détestait les aéroports, les autos qui nous klaxonnent et les monsieurs à cravate. C'est pas mal moins compliqué, y me semble. Mais on n'a pas besoin de vivre sur la même planète que quelqu'un pour habiter avec lui. Alors on a emménagé avec Laurent.

Ça a pas mal changé nos plans. On ne pouvait plus vraiment être des touristes, maintenant qu'on habitait dans un appartement. Il fallait devenir des citadines, il fallait faire partie de la ville, pas la visiter comme si c'était un musée; c'était pas mal différent. Et c'était pas mal plus long : pour habiter dans une ville, ça prend plus qu'une semaine. Alors on s'est installées pour un bout de temps, pour que ça en vaille le coup. Ça nous angoissait un peu de s'attacher à quelqu'un comme ça, mais Laurent a dit qu'on pouvait partir quand on voulait, que même si on restait juste quelques mois, c'était mieux qu'une claque sur la gueule. Il avait des expressions comme ça, Laurent. Ça faisait qu'on se sentait libres de faire comme on voulait, de rester jusqu'à ce qu'on se tanne puis de se revirer de bord, merci bonsoir.

Almée aimait mieux ça comme ça. Je trouvais que ça avait bien du bon sens.

*

Depuis qu'on avait emménagé, on avait presque pas vu notre coloc, à cause de son horaire à l'envers. C'était comme si on avait l'appartement à nous toutes seules, mais en silence. On laissait même Oreste en cage, une belle grande cage qu'on lui avait achetée au magasin d'animaux, pour qu'il soit pas trop dérangeant. C'est dire comme on était des bonnes colocs.

Quand même, Almée, ça l'inquiétait un peu, notre emménagement. Elle avait peur qu'on se perde, que ça ne soit plus comme avant. Elle était peut-être jalouse de Laurent.

Ça aurait été ridicule! Laurent, on l'avait tout de suite aimé, adoré, adopté. Mais rien ne remplacerait Almée. Pourtant, j'avais beau le lui répéter, j'étais pas sûre qu'elle le comprenait bien : elle continuait de faire une drôle de tête quand je parlais de Laurent. Heureusement, elle a fini par avoir l'idée de quelque chose qu'on ferait juste nous deux ensemble. Puisqu'on avait décidé de rester longtemps, elle s'est dit que, pour la postérité et pour notre instruction, il faudrait qu'on tienne un carnet de la ville portuaire, une espèce d'encyclopédie avec tout notre nouveau savoir de citadines. C'est pas fou, que je lui ai dit, alors elle a couru à la librairie s'acheter un beau cahier et des crayons pour se mettre au travail. Ça n'en prenait pas gros pour la remettre sur ses rails. Pendant qu'elle était partie, dans la cuisine bleue pleine de soleil et de vaisselle sale, j'ai rangé un peu, silencieusement, pour que Laurent trouve l'appartement propre en se réveillant. Ma mère m'avait élevée comme ça, j'allais pas commencer à jouer la souillonne parce qu'on était en ville. Pour Almée aussi, qu'on puisse dîner dans un endroit décent avant de partir habiter notre nouvelle ville.

*

Pour le futur immédiat, nous avions décidé de deux objectifs. D'abord, on devait s'installer dans notre nouveau chez-nous. C'était pas mal fait. Ensuite, il fallait s'installer dans notre nouvelle ville et commencer notre nouvelle vie de grandes personnes. C'était ce qu'il nous restait à faire. On aimait bien décider, Almée et moi. Ça donnait un sens à notre existence. Pour nous aider dans notre entreprise d'urbanisation, j'ai fouillé un peu partout dans la cuisine, à la recherche de quelque chose que je ne connaissais pas. Dans le tiroir du bas, celui où Laurent rangeait «toutes les bébelles dont on se sert deux fois par an», j'ai trouvé un plan du métro. C'était parfait. Sur ces entrefaites, Almée est arrivée avec son beau cahier et ses beaux crayons. Je lui ai montré ma trouvaille.

– Wow! Passe-moi ça, voir!

Elle a déplié tout le plan puis, au profit de la toute nouvelle encyclopédie, elle l'a recopié minutieusement et a décrété qu'il fallait apprendre à s'en servir. Je l'ai laissée faire, curieuse de voir où elle s'en allait avec ça. Elle m'a prise par la main et elle m'a traînée dehors, jusqu'à la station la plus proche.

Au début, c'était facile. On n'avait qu'à entrer dans la station en poussant les portes, puis à descendre l'escalier. Mais arrivées devant les tourniquets, on a figé. Il y avait une madame derrière une vitre. Je savais qu'il fallait lui demander des billets, mais j'osais pas. Almée m'a poussée.

– Demande-lui, toi!
– C'est toujours moi!

– Mais moi, j'ai peur.
– Moi aussi.
– Mais tu as moins peur que moi!

J'ai soupiré. C'était toujours moi qui devais socialiser. J'ai pris une grande respiration et je me suis plantée devant la vitre.

– Bonjour, deux billets, s'il vous plaît.

La madame a grogné un prix. J'ai passé mon argent dans la petite fente, elle a passé ses billets dans la petite fente. Pas en même temps, ça n'aurait pas passé. Une après l'autre, moi d'abord. Elle voulait être sûre que je ne l'arnaque pas en me sauvant avec ses billets. C'était pas fou. Puis, on a passé les tourniquets, pas soulagées juste un peu. Le monde était à nous!

On a débarqué au hasard, en plein dans le quartier des affaires. Plein d'édifices immenses et lumineux, le soleil qui chauffait les vitres miroirs, des poubelles sur les lampadaires, une vraie ville de commerce. On n'a pas tellement aimé ça; le plus intéressant, c'était les briques laissées sur le trottoir par un constructeur peu consciencieux. On s'est regardées. Almée a levé un doigt.

– J'ai une idée!

Elle n'arrêtait plus d'en avoir, décidément. J'ai écouté, au cas où ça en serait une bonne.

– On va se donner une règle : il faut rester le moins longtemps possible sur la même rue!
– Pourquoi faire?
– Pour voir plus de choses, voyons!

J'ai trouvé ça amusant, alors j'ai dit oui. On s'est dépêchée de quitter notre coin de rue, on est vite passées sous un viaduc de chemin de fer, un vieux machin tout rouillé qui avait l'air de vouloir s'écrouler dès que le prochain train lui passerait dessus avec tous ses passagers, et hop! C'était parti pour l'aventure.

Almée avait raison : en respectant notre règle, on a vu plein d'affaires. On a vu des tuyaux jaunes par la fenêtre d'une usine, des plantes par la fenêtre d'un appartement, un restaurant de cuisine indienne, un magasin d'ordinateurs, un entrepôt de barrières en dessous d'une autoroute aérienne. On a vu une grosse roulotte, des maisons condamnées, des voitures de luxe et une école. On a vu un monsieur qui essayait de rentrer des guitares dans son coffre d'auto, mais il n'y avait plus de place. On a marché pendant deux bonnes heures et, finalement, on a abouti au bord de la mer. Mais pas la mer qu'on avait trouvée quand on est arrivées; la mer plus loin, près du quartier chinois, dixit Almée et son livre, source intarissable d'information. Il n'y avait personne dans les rues, on était en plein après-midi. On a longé l'eau un peu, puis on a remonté une grande place pleine de vendeurs et de restaurants. C'était beau, mais c'était pas la chose la plus intéressante de notre escapade. Ça commençait à nous ennuyer un peu. Almée s'est tournée vers moi, comme si elle avait lu dans mes pensées.

– On en a assez vu pour aujourd'hui. Et puis, on a bien assez de choses à écrire dans notre encyclopédie. Allez, on rentre.

J'étais d'accord. Comme par hasard, au bout de la grande place, on est tombées sur une station. Alors on a repris le métro, comme des pros, et on est rentrées. Quand même, on était pas mal fières de nous : mine de rien, on devenait des vraies citadines. Il ne nous restait plus qu'à devenir des grandes personnes, maintenant.

*

J'ai fait une découverte : Laurent avait un tourne-disque! Même qu'il collectionnait les disques. Je m'en suis aperçu hier après-midi. Ça nous a ravies, évidemment, malgré la consigne qu'il nous a donnée : pas de disques le jour, pour ne pas l'empêcher de dormir. On n'oserait jamais, de toute façon; on aurait bien trop peur qu'il nous déteste et nous mette dehors. Mais maintenant, on pouvait : il s'était levé et il était parti chez des amis. On s'est bien demandé si, parmi «les amis», il y avait la fille trop belle de l'autre fois, celle qui soufflait des baisers, mais on a vite décidé de ne pas s'en faire avec ça. On ne l'avait pas revue depuis, et c'était rare qu'on avait l'appartement juste à nous quand c'était pas l'heure de dormir, alors on n'allait pas gâcher le moment. Pour fêter ça, on s'est fait un souper digne des rois. À l'épicerie, entre la station de métro et l'appartement, on a acheté du fromage, du pâté et une baguette, et puis on a sorti notre disque de rock. On était aux anges. En tartinant mon morceau de pain, je me suis mise à danser, ça faisait rire Almée. On se serait crues au village, quand mes parents partaient et qu'on se retrouvait toutes les trois, avec Ophélie. On se faisait toujours des repas de pâté et on mettait la musique fort.

Almée m'a tendu le dernier bout de fromage qu'il restait. Comme des porcines, on s'était enfilé morceau de pain par-dessus morceau de pain, et c'était tout juste si on n'avait pas mangé notre camembert à la petite cuillère. J'ai pris ma dernière bouchée en lui faisait un clin d'œil : c'était la belle vie, et le repas du siècle ne nous avait presque rien coûté. On n'avait l'air de rien comme ça, mais on était rendues des pros de l'économie! Bon, des fois, on faisait des folies, comme acheter du pain aux raisins; c'est plus cher que le pain ordinaire. Mais tant pis, on coupait sur les vrais raisins! Il fallait bien se gâter un peu, que diable! La prochaine fois, on achèterait une mangue : maintenant, Almée savait comment en manger.

Après avoir tout dévoré, jusqu'aux miettes de pain sur la planche à découper, on a fermé les fenêtres et on a mis le volume au maximum. Il devait faire au moins 32 degrés dans l'appartement, Almée avait peur d'étouffer, mais il était tard et on avait encore du respect pour les gens. Puis on a poussé la table pour se faire de la place et on a dansé, on a chanté, on a sauté, on avait tellement chaud que les fenêtres s'embuaient, et on continuait quand même. Almée s'est essuyé le front.

– Je me sens comme dans un sauna...
– Alors il faut prendre un bain froid.
– Non, c'est une douche qu'on prend après un sauna!
– Bon, va pour une douche.

Pour profiter au maximum de notre douche, il fallait profiter de notre sauna. J'ai remis notre chanson préférée et on a dansé encore plus. La sueur faisait des gouttes sur le plancher, mes cheveux humides déboulaient dans mon visage et, à travers eux, je voyais Almée qui riait, qui s'amusait timidement, et je la trouvais touchante.

Quand mes oreilles se sont mises à bourdonner tellement mon corps n'en pouvait plus, je suis allée dans la salle de bain ouvrir l'eau au plus fort. L'eau glacée giclait, revolait sur la céramique sale du bain, c'était une fontaine d'eau claire qui fusait comme les éclats de rire d'Almée.

– Almée! Ta douche est prête!
– Comment ça, ma douche? On la prend plus ensemble?

J'ai hésité une seconde, et puis j'ai ri. On était chez nous, après tout! On a enlevé nos vêtements en rigolant, en faisant un concours de lancer du chandail, de la jupe, des petites culottes. On a découvert des lois de la physique (il n'est jamais trop tôt), on a constaté que l'air offrait une résistance au tissu et que le rire diminuait la force du lancer. Du même geste, on a embarqué dans la douche; j'ai chatouillé Almée, elle a manqué de tomber, s'est accroché à la tringle. Elle s'est mise à me lancer du savon, en représailles. L'eau glacée avait tout un effet sur nos corps en sueur et en chaleur; on s'est recroquevillées, on tremblotait de froid, mais on refusait de sortir : il faudrait prendre cette douche jusqu'au bout!

Pleines d'eau froide et de savon, on grelottait et on riait depuis un moment déjà quand la clé a tourné dans la serrure. On ne l'a pas entendue, à cause de la musique. Mais on a entendu la musique s'arrêter et Laurent entrer dans la cuisine. Almée a ouvert de grands yeux et a mis une main sur sa bouche. On a essayé du mieux qu'on pouvait d'étouffer nos fous rires.

– Chloé? Almée?
– …

Almée a fermé la douche. On retenait notre souffle en se mordant les lèvres pour ne pas éclater quand Laurent est entré dans la salle de bain.

– Chloé? Almée?

Almée rigolait tout bas.

– Chut...

On a vu l'ombre de Laurent se dessiner à travers le rideau de la douche. On s'est accroupies dans le fond, pour qu'il ne voie pas les nôtres. Sa main est apparue sur le rebord du rideau. Shling!

– Qu'est-ce que vous faites là?

Il avait l'air surpris, Laurent. Et il n'avait pas trop l'air de comprendre non plus. Je nous ai regardées, accroupies au fond du bain, j'ai pensé à nos vêtements éparpillés dans l'appartement, à la musique trop forte, et soudain j'ai croisé son regard et j'ai baissé les yeux. Il n'y avait pas de quoi rire, en effet.

– On prend une douche, ça se voit pas? Excuse-moi, je vais aller me sécher.

Je lui ai foncé dedans en passant, j'ai attrapé une serviette et j'ai couru dans notre chambre en claquant la porte. J'ai entendu de loin Almée baragouiner une explication qui ne m'intéressait même pas. Tout à coup, elle a débarqué derrière moi.

– Qu'est-ce que t'as?
– Qu'est-ce que t'en penses?
– Pourquoi t'es fâchée?
– On n'est plus chez nous, Almée, on ne peut plus faire des trucs comme ça... Pas devant Laurent, en tout cas.
– Mais je m'en fous, moi, de Laurent!
– Pas moi.

Je me suis enroulée dans les couvertures, Almée a éteint la lumière et on s'est couchées sans dire un mot de plus. Subitement, le village me manquait.

*

Je n'osais plus croiser Laurent sans baisser les yeux. J'avais honte, même si je ne savais pas très bien pourquoi. Ça me faisait le même effet que la fois où, en sortie aux glissades d'eau avec l'école, j'avais été obligée de porter une veste de sauvetage parce que je ne savais pas nager. Devant la face surprise de Laurent, j'avais bien compris qu'il nous trouvait ridicules, et maintenant je me cachais, je me faisais oublier le temps qu'il oublie tout ça. Almée m'en voulait, c'était évident, mais tant pis pour elle : je retrouverais ma dignité toute seule.

En attendant, j'écoutais la pluie. La pluie sur le toit d'un appartement et la pluie dans un champ, c'était pas la même chose. Il y avait un puits de lumière dans les toilettes, alors cet après-midi je suis allée me coucher au fond du bain et j'ai regardé les gouttes tomber. C'était presque comme si elles me tombaient dessus. J'ai fermé les yeux et j'ai écouté. C'était beau. Ça faisait *ploc*. Je suis restée là pendant des heures, à penser à rien d'autre qu'à la pluie, jusqu'à tant qu'Almée cogne pour aller aux toilettes. Alors je lui ai ouvert la porte; elle n'a rien dit. J'ai haussé les épaules et je me suis sauvée en courant sur le balcon, là où je pouvais voir les gens sur les trottoirs avec leurs parapluies. Je trouvais ça beau. Presque aussi beau que Laurent. Au village, personne ne sortait quand il pleuvait, et les rues restaient vides, sauf pour les chiens mouillés que personne voulait faire rentrer parce qu'ils puaient. Je suis descendue du balcon, j'ai remonté un peu la rue et j'ai vu la mer et la pluie qui lui dessinait des remous, et les gens qui couraient vers le métro en essayant de passer entre les gouttes, et le stand à patates frites qui puait la graisse. Je me suis acheté une grosse patate graisseuse et je suis allée la manger, toute dégoulinante, sur un banc du parc qui dégoulinait autant que moi. J'étais mouillée, mais je souriais. C'était beau, la pluie, en ville.

Comme j'allais finir par rentrer, tannée d'être trempée, Laurent est apparu à côté de mon banc. J'ai sursauté. On ne s'était pas vraiment parlé depuis l'histoire de la douche, et je me demandais s'il n'essaierait pas de profiter du moment pour me questionner. Mais il n'a rien dit et s'est assis à côté de moi. Je me suis risquée à parler la première, parce que j'avais plus peur du silence que de ce qu'il pourrait me dire.

– T'as pas peur d'être mouillé?
– J'adore être sous la pluie. Je vais toujours m'asseoir dehors quand il y a une averse ou un orage. Quand j'étais petit, je sortais en cachette de la maison pour aller courir dans les flaques.

Il a levé la tête vers le ciel, a fermé les yeux et a ouvert la bouche en tirant la langue. J'ai eu envie de me pincer : Laurent qui jouait à attraper des gouttes de pluie avec sa langue? J'ai pas trop su comment réagir, mais j'osais pas rentrer à la maison juste comme ça, alors j'ai haussé les épaules, et j'ai fait comme lui.

Au bout de quelques minutes à nous faire mouiller en silence la bouche ouverte, comme la pluie commençait à se calmer, il s'est retourné vers moi et m'a dit qu'il organisait un souper en fin de semaine. Il m'a demandé si je voulais être là. J'ai un peu figé. Ce n'était pas parce qu'il était venu partager mon banc et mon averse que tout était oublié et que je n'avais plus envie de me cacher! J'ai dit non. Il ne m'a pas dit s'il en avait parlé à Almée, et je ne le lui ai pas demandé. Mais au moins, là-dessus, j'étais sûre qu'on s'entendrait. Il y avait toujours bien des limites!

*

La fin de semaine approchait, le souper de Laurent aussi, et je ne savais pas trop si je resterais à l'appartement ou si j'irais me balader en attendant que ses amis disparaissent. J'aurais aimé en parler avec Almée, mais elle m'en voulait encore. Pourtant, sa bouderie ne pourrait pas durer encore longtemps : j'étais sa seule alliée dans l'appartement, avec Oreste. J'avais bon espoir qu'elle me reviendrait bientôt; en attendant, j'écoutais encore la pluie. Il pleuvait depuis quatre jours, c'était à croire que nos nuages nous avaient suivies. Je pensais à notre village vide transformé en aéroport, à mes parents. À Ophélie, surtout : j'avais plein de choses à lui raconter. Je jouais avec moi-même au Roi du Silence, notre jeu d'après-midi préféré à Almée et moi, depuis que nous étions ici. J'étais étendue au fond du bain et la pluie glissait sur la vitre au-dessus de moi, elle faisait des dessins qui s'effaçaient à mesure. J'étais occupée à analyser tout ça quand j'ai entendu la poignée de porte, tout discrètement d'abord, mais comme elle grinçait un peu, on ne pouvait pas la rater. J'ai trouvé ça bizarre : d'habitude, Almée cognait quand elle voulait aller aux toilettes. Peut-être que Laurent s'était levé. J'ai décidé de faire comme si de rien n'était et j'ai fermé les yeux. Il y avait des pas glacés sur le carrelage, des tout petits piétinements à travers le bruit des gouttes. Des pieds comme ceux-là, ça pouvait juste être Almée. Je l'ai sentie se glisser dans le bain à côté de moi, tout doucement, et tout d'un coup me chatouiller. J'ai fait le saut.

– Almée! Arrête!
– Ha ha! J'ai gagné! C'est moi le Roi du Silence!

Elle m'a fait une grimace et s'est calée au fond du bain, à côté de moi. Je l'ai regardée du coin de l'œil. Almée ne m'en voulait plus.

*

Entre les bouteilles, on l'a reconnue tout de suite. Ils étaient au moins six autour de la table. Laurent et quatre-cinq copains, des illustres inconnus. Mais elle, elle luisait au milieu des autres comme une fée Clochette, elle était juste là, fascinante, blanche à travers ses cheveux noirs noirs noirs qui lui descendaient autour du visage. Il faut dire qu'elle était assise face à notre chambre, on la voyait mieux que les autres. Mais même de dos, je suis sûre qu'elle aurait brillé, rayonné, étincelé. Elle ne soufflait plus de baisers, mais elle parlait avec sa voix de carillon.

– Elles se cachent, tes colocs?

Elle a ri un peu. Ils se foutaient bien de notre gueule autour du canard à l'orange que Laurent avait préparé. Même réconciliées, Almée et moi, on était encore trop gênées pour se pointer à son souper, alors on avait décidé de se cacher, justement. Derrière notre porte de chambre, à travers la craque, on voyait toute la cuisine, par exemple, exactement comme quand on était petites et qu'on regardait nos parents manger avec leurs amis alors qu'ils pensaient qu'on était couchées. Laurent avait mis de la musique, du genre ambiance-qu'on-écoute-seulement-quand-on-soupe, et des chandelles sur la table, on le voyait à travers notre craque de porte. À la fille illuminée, Laurent a répondu quelque chose qu'on n'a pas entendu. Les autres ont ri. Ils s'amusaient, ses petits amis. Nous, on l'observait. Pas lui, elle. Elle était le genre de personne qui faisait votre journée juste en vous regardant. Elle a regardé notre porte : ses yeux étaient tellement clairs qu'on s'est demandé ce qu'ils faisaient dans son visage. Elle a dit quelque chose que je n'ai pas entendu non plus, les autres ont fait oui de la tête, ils ont rigolé, encore. Puis Laurent s'est tourné vers elle.

– Tu devrais entendre Almée chanter...
– Ils parlent de moi ?

Almée m'a poussé pour mieux entendre. Ils parlaient d'elle, oui. Laurent vantait sa voix, il faisait son apologie. Il s'est tourné vers notre porte.

– Almée? Viens ici!

Almée a tressailli.

– Il m'appelle!

J'ai hésité une seconde, puis je l'ai poussée un peu.

– Vas-y! Ils te mangeront pas, ils ont assez de canard comme ça!

Almée m'a regardée, puis elle est sortie de la chambre toute timide, elle est arrivée dans la cuisine. Je la connais, elle serait rentrée dans le plancher si elle avait pu. Elle a serré la main à tout le monde, a reçu des becs sur les joues, Laurent lui a passé une main dans le dos. Ils avaient tous déjà l'air de grands amis, à part qu'Almée était un peu gauche, un peu coincée. Ça m'a fait comme une sorte de pincement à l'estomac de les voir l'accueillir comme ça. Laurent est allé arrêter le disque et tout le monde a cogné sur son verre avec son couteau en riant: «Allez, Almée, chante!» Et sans même se faire tordre un bras, elle a chanté. Notre chanson, celle qu'elle avait chantée à Oreste, à l'hôtel. Elle a fait le premier couplet, puis elle a continué, elle a terminé la chanson, sans fausser une seule fois. J'étais médusée. Et eux, ils l'applaudissaient! J'ai arrêté de regarder par la craque et je me suis adossée au mur à côté de la porte. Mon cœur battait fort. Quelques minutes après, elle est revenue dans la chambre en courant, a tournoyé, a battu des mains et en a échappé un bout de papier que j'ai attrapé tout de suite : un nom, une adresse, un numéro de téléphone.

– Venise?
– C'est elle, c'est son nom. Elle s'appelle Venise, tu te rends compte?
– C'est sûr que c'est plus original que Chloé...
– Elle veut que je travaille pour elle! Elle a un cabaret, elle veut que je chante! T'imagines, moi, chanter dans un cabaret? Avec une longue robe comme dans les films! Je ne peux pas, j'ai trop peur.

J'ai essayé de ne pas avoir l'air trop bête, elle avait l'air tellement contente.

– Mais oui, tu peux! Allez, va les rejoindre, ils t'aiment déjà.

Je l'ai poussée en dehors de la chambre et elle est retournée timidement dans la cuisine. Elle s'est assise à la table avec les autres, près de Laurent. J'ai refermé la porte et je me suis couchée en boule dans le lit.

Ma petite Almée allait chanter en robe longue sur une scène, dans une salle miteuse et pleine d'inconnus, sans moi. Je me suis tournée vers notre lièvre, qui dormait au fond de sa cage.

– On n'a plus les amies timides qu'on avait, pas vrai Oreste?

*

Le lendemain matin, Almée n'était pas là. Je me suis réveillée et elle n'était plus là, le lit était vide à part pour moi qui étais dedans. Il était presque midi et il y avait une note sur la table : «Partie au cabaret, de retour je-sais-pas-quand. Bises.» J'ai haussé les sourcils. En tout cas, on pouvait dire qu'elle s'affirmait! Ça m'a fait comme un creux dans le ventre, tout d'un coup. Laurent dormait encore, mais j'ai eu envie d'écouter de la musique. J'avais envie de danser, de bouger, de crier, n'importe quoi pour déloger cette chose qui me grugeait le ventre. Je n'arrivais pas à mettre un mot sur ce que je ressentais, mais j'aurais voulu arrêter de le ressentir tout de suite.

Alors, sans réfléchir, j'ai sorti un disque à Laurent et je l'ai mis au maximum. J'ai dansé de toutes mes forces sans vraiment arriver à me sentir bien; ça défoulait, tout au plus. À cause de la musique, je n'ai pas entendu Laurent qui arrivait derrière moi, les yeux tout bouffis de sommeil interrompu. Il m'a attrapée par la taille, m'a retournée vers lui.

– Hé, c'est quoi, l'idée?

J'ai figé. Puis, la surprise passée, je me suis débattue.

– Lâche-moi.

Je l'ai repoussé et je me suis sauvée. Il a tendu un bras vers moi.

– Chloé...

Trop tard, j'étais partie. Pas bien loin : en pyjama et nu-pieds dans la rue on ne va jamais au bout du monde. Mais j'ai pris soin de bien claquer la porte. J'ai couru sur le trottoir brûlant jusqu'à ce que mon souffle n'en puisse plus et je me suis écroulée sur une marche d'escalier pour le retrouver, la tête baissée, les cheveux qui coulaient entre les genoux.

Ça serrait encore dans ma poitrine, j'imaginais Almée et Laurent partir travailler ensemble, rentrer ensemble, dormir trop tard ensemble. Et moi toute seule avec mes livres et mes disques et mon lièvre à jouer à la citadine solitaire. J'ai pris une grande inspiration. Il allait falloir faire quelque chose : c'était pas dans nos plans, ça. C'était bien de devenir des grandes personnes, de se trouver un travail, tout ça, mais on était censées le faire ensemble, pas chacune de son côté. Je voulais bien être flexible, mais fallait pas me prendre pour ce que j'étais pas, une feuille de papier ou je ne sais quoi. Alors j'ai pris une décision, toute seule (ça m'a fait drôle, d'habitude on faisait ça à deux) : j'allais ramener Almée sur terre quand elle rentrerait, lui faire comprendre qu'elle était en train de tout gâcher.

Sa Venise, elle était bien belle, mais j'étais sûre que sous sa lumière elle cachait des vilaines ventouses pour attraper les gens. J'allais secouer Almée, la tirer des tentacules de Venise, et puis on verrait bien. Ça m'a revigorée et je me suis relevée : tout n'était pas perdu.

Je suis retournée à l'appartement, Laurent était assis dans la cuisine. Je me suis rappelé qu'il était fâché, alors je lui ai fait un sourire contrit, il m'a fait du thé, et on a parlé. Je me suis excusée pour tout à l'heure, il a accepté mes excuses et il m'a demandé si quelque chose n'allait pas. Je ne pouvais pas vraiment laisser passer l'occasion. J'ai commencé à lui parler d'Almée qui allait travailler au cabaret, quand la principale intéressée a débarqué. Beaucoup trop excitée pour remarquer que j'étais en plein milieu d'une phrase, elle a débarqué comme un tourbillon, a rebondi dans la cuisine; c'était tout juste si elle ne se jetait pas contre les murs. Je ne l'avais jamais vue comme ça, même que je ne la reconnaissais pas du tout, ma petite Almée. Laurent a arrêté de m'écouter et s'est tourné vers elle, les yeux ouverts grand comme des fonds de bouteille. J'ai eu envie de lui demander ce qui lui prenait, mais elle avait l'air tellement contente que j'ai ravalé tous mes mots et j'ai fait semblant que tout était normal. J'ai composé mon meilleur sourire et j'ai essayé d'avoir l'air fascinée.

– Vas-y, raconte!
– J'ai un contrat! Je l'ai eu! Elle m'a fait chanter

devant ses amis qui tiennent son cabaret avec elle, sa famille, qu'elle dit, ah-mon-dieu j'étais tellement gênée vous pouvez pas savoir en plus elle veut que je chante le soir mais j'ai jamais fait ça devant des gens et puis c'est tellement beau son cabaret c'est comme...

Elle s'est arrêtée pour respirer. Pour qu'elle oublie la ponctuation comme ça, il fallait qu'elle soit vraiment très énervée. Je n'y comprenais rien. Laurent, lui, a souri de toutes ses dents.

– Vraiment? Et quand est-ce que tu commences?
– La semaine prochaine! Et puis je vais aussi faire le service et la caisse les soirs où il y a d'autres numéros. Venise va tout m'apprendre comment on fait. J'ai tellement hâte!
– C'est parfait, on va avoir le même horaire!

J'ai regardé Laurent avec un air déconfit. Il n'a rien remarqué, tout occupé qu'il était à sautiller avec Almée comme une fillette. Décidément, récupérer Almée serait plus dur que je ne l'avais imaginé.

*

J'avais l'ordre de ne pas les réveiller avant 1 h de l'après-midi, pour qu'ils puissent rester éveillés toute la nuit. J'ai bâillé un peu, assise dans la cuisine. La veille, Laurent avait joué de la guitare en rentrant, et Almée avait chanté, longtemps. Ça m'avait empêché de dormir. J'avais feuilleté les livres qu'on avait apportés du village, auxquels on n'avait à peu près pas touché depuis qu'on était chez Laurent. Ça changeait les priorités, la colocation. J'avais donné une carotte à Oreste, aussi, qui s'ennuyait à mort. Puis, à bout de distractions, j'avais fini par me mettre des bouchons dans les oreilles.

Et ce matin, j'ai eu une idée : puisqu'Almée n'avait pas l'air de vouloir revenir sur terre, j'allais continuer comme si de rien n'était. J'allais marcher beaucoup, longtemps, j'allais découvrir chaque recoin, chaque ruelle, chaque dalle de trottoir de notre nouvelle ville. Et puisqu'Almée avait décidé de devenir serveuse et chanteuse au cabaret du Chat Rouge (c'était vraiment comme ça qu'il s'appelait, avec cette référence ridicule à l'autre cabaret) et qu'elle avait complètement délaissé son projet d'encyclopédie à cause de ça, je me suis dit que j'étais bien capable de le faire à sa place, et qu'il n'y avait pas de raison pour que je ne le fasse pas cent fois mieux qu'elle. Je suis comme ça, orgueilleuse. On s'habitue.

J'ai piqué discrètement le cahier et les crayons d'Almée et je suis sortie, là, tout de suite, en ricanant : tant pis pour eux, ils passeraient tout droit.

Au début, c'était pas très amusant de jouer toute seule à la citadine, mais je me suis forcée.

Il fallait bien. Finalement, ça a porté fruits : j'ai marché longtemps, comme prévu, et j'ai fait plein de découvertes. Même qu'en rentrant de ma promenade, j'ai ajouté un concept à notre encyclopédie : celui de «café». Pas «café» comme dans «liquide qui se boit dans une tasse, de préférence pour se réveiller le matin». «Café» comme dans «lieu branché (ou pas) où l'on sert le liquide qui se boit dans une tasse, et beaucoup d'autres choses aussi, à n'importe quelle heure du jour ou de la nuit (ou presque)». On n'avait pas ça au village. C'était tout juste si on avait du café comme dans «liquide qui se boit dans une tasse». On était plutôt thé, au village. Alors pour voir ce que ça faisait, je suis allée boire un café dans un café. Au bord de l'eau, pas très loin de notre ex-hôtel, il y avait un café à la devanture tout ouverte sur la mer, qui existait depuis cent ans et portait le nom de son premier propriétaire, Peter. En fait, c'était Peter's avec un «'s», comme dans «à Peter». C'est de l'anglais. Apparemment, c'était un endroit célèbre chez les marins, qui y laissaient leurs drapeaux quand ils passaient par ici : les murs en étaient couverts. C'est le serveur qui m'a expliqué. J'ai trouvé que c'était une belle tradition. J'ai tout de suite adopté le café, à cause de ça et des sandwichs au fromage. Et aussi parce qu'en rentrant chez nous, mes doigts sentaient le café, ça sentait bon. Le serveur avait touché au café, et les doigts du serveur avaient touché à ma tasse et lui avaient donné l'odeur du café. De ma tasse à mes doigts, l'odeur avait voyagé, alors en rentrant, mes doigts sentaient le café comme si j'y avais plongé la main. À cause de ça, j'ai ajouté l'entrée «café» à l'encyclopédie, et Peter's est devenu mon petit secret à moi. Décidément, je n'avais vraiment pas besoin d'Almée ni de Laurent pour vivre des choses intéressantes.

IV

Où les conseils d'Ophélie ressortent des
boules à mites, où Venise s'invite à souper,
où Chloé sert des martinis et où Almée
a une vie sociale

J'ai fini par dire oui : je suis allée à la première d'Almée, au Chat Rouge. Elle était
morte de trouille et ça la rassurait que je sois
là. J'y suis allée en métro, c'était dans le quartier chinois, tout près de la grande place qu'on
avait arpentée dans nos premières pérégrina-
tions de citadines. Je me suis assise dans la
deuxième rangée de tables, en plein là où on
voyait la scène et où la scène nous voyait aussi. Alors je voyais Almée, et Almée me voyait.
Elle aimait mieux ça comme ça. En attendant
le début du spectacle, j'ai regardé tout autour.
Le cabaret était grand, mais avec un plafond
très bas, plein de moulures et de petits détails
en relief jusque dans les coins des murs. Les
murs étaient rouges, évidemment, mais il
faisait tellement noir qu'on ne s'en rendait
presque pas compte, c'était à croire que Venise
ne voulait pas qu'on remarque la décoration.
Il y avait des petites chandelles sur les tables,
quand même, qu'on puisse voir la personne en
face de nous, et encore. Ça me faisait comme
un petit éblouissement d'être assise dans un
décor comme celui-là, comme dans les films
qu'on écoutait avec Ophélie.

Finalement, Almée est arrivée sur scène, et je lui ai fait un petit clin d'œil pour l'encourager. Sa robe n'était pas noire, elle était rouge, pas comme dans les films. Ses cheveux n'étaient pas remontés, non plus, ils tombaient en courbettes de chaque côté de son visage. Elle était jolie quand même. Et puis il y avait un pianiste, et du vin dans ses mains, comme dans les films. Aussi, elle a chanté en anglais. C'était pas dans son répertoire habituel, c'était Venise qui avait dû la forcer. Venise la pieuvre. C'était joli quand même, une musique toute en volutes et en volupté, avec un petit quelque chose de suranné malgré le DJ qui scratchait le rythme, entre le piano et la contrebasse. Almée m'avait dit que le genre de musique qu'elle allait chanter était super branché en ce moment. Depuis quand elle s'y connaissait là-dedans, celle-là ? C'était la faute de Venise, j'en étais sûre. D'ailleurs, je l'avais vue, elle aussi. Elle était au fond de la salle, elle réussissait à briller même dans le noir. Elle buvait du vin rouge et faisait des tatas gracieux du bout des doigts à des gens qui arrivaient. Pour rire, j'ai fait une grimace à son air de madone et j'ai regardé ailleurs. C'était pas elle que j'étais venue voir, de toute façon.

Quand Almée a eu fini de chanter, elle est sortie toute tremblante; ça se voyait à sa façon de tenir son verre de vin. Elle a eu droit à plein d'applaudissements, j'étais fière d'elle, presque même pas jalouse. Wow, ma petite Almée qui triomphait! Après s'être changée parce que c'était pas son genre de rester habillée comme ça, elle est descendue dans la salle et a couru vers ma table, tout excitée. Je lui ai assuré qu'elle avait été géniale, je lui ai donné deux gros becs pour le lui prouver. Puis elle m'a prise par la main et elle m'a tirée avec elle au fond de la salle en me criant quelque chose que je n'ai pas compris, à cause d'un orchestre de jazz qui venait de commencer à jouer avec un vacarme épouvantable. Et puis j'ai compris, quand j'ai vu la face d'ange de Venise. Almée s'est jetée à son cou, Venise était fière de sa protégée, bref tout le monde était content content, sauf moi qui restais là comme une dinde à attendre de me faire présenter. Ça a fini par arriver, et en grand : il y avait tout un paquet de gens qui grouillaient autour de Venise et qu'elle a nommés un après l'autre. Elle les a appelés «ma famille», et j'ai pas retenu un seul de leurs noms. Après avoir échangé avec eux deux ou trois phrases vides de sens, j'ai fait des yeux à Almée. Je me sentais pas trop à ma place. Elle a fait «attends deux minutes» avec les doigts, et elle a continué sa conversation. Je me suis éloignée un peu et je me suis appuyée au bar en attendant. La barmaid m'a fait un clin d'œil. Je lui ai souri en retour; Venise l'avait incluse dans son chapelet de présentations, mais j'avais remarqué qu'elle avait l'air pas mal plus sympathique que les autres pimbêches. Qu'est-ce que c'était, son nom, déjà? J'ai plissé les yeux, pour me souvenir : Pascale. Ça lui allait bien, avec ses grands yeux doux, elle avait l'air d'un petit agneau.

– T'es une amie d'Almée?
– Oui. C'est presque ma sœur.

Elle a hoché la tête, et elle m'a tendu un verre avec un cocktail coloré.

– Tiens, t'as l'air de t'ennuyer.

Elle s'en est servi un aussi, on a trinqué. C'était bon, juste assez sucré.

– Toi, t'es une amie de Venise?
– C'est plutôt ma sœur qui est son amie... C'est pour ça qu'elle me tolère dans son bar, je pense! Ça, et parce que je fais craquer les clients.

En disant ça, elle éclatait de rire et elle passait un torchon sur le comptoir. Décidément, je l'aimais bien, Pascale.

– Et vous deux, comment vous avez connu Venise?
– C'est une amie de notre coloc. Laurent.
– Ah, Laurent! Je l'ai déjà vu ici quelques fois... C'est un joli garçon, en tout cas.

J'ai dû rougir un peu en répondant que j'avais remarqué, oui. J'ai bu une nouvelle gorgée pour mettre mes couleurs sur le dos de l'alcool. Je ne m'habituais pas à en boire souvent, avant c'était toujours en cachette avec Ophélie.

– À part lui et Venise, on ne connaît pas grand-monde en ville encore, on vient d'arriver.

– Eh bien tu me connais, moi, maintenant !

C'était vrai. Je venais d'augmenter de 100% mes amitiés citadines – je n'allais quand même pas compter Venise là-dedans. Almée s'est approchée. Elle avait fini sa soirée, et puis elle était claquée, elle était prête à partir. Alors on a salué Pascale et on est parties sans plus de cérémonie. Les cérémonies, ça nous ressemblait pas, de toute façon.

Laurent est arrivé en même temps que nous à l'appartement, tout impatient d'avoir des nouvelles. Almée était tout aussi impatiente de lui en donner, et ils n'avaient pas l'air de s'intéresser à mon avis sur la question, alors je les ai laissés discuter tranquilles et je suis allée me coucher. Dans sa cage, Oreste respirait l'air ambiant avec une mine découragée. La ville, c'était pas fait pour les lapins, encore moins pour les lièvres.

*

Quand je me suis levée le lendemain matin, Almée n'était pas dans notre chambre. C'était pas la première fois qu'elle me faisait le coup, mais quand même, ça m'a surprise. Depuis qu'elle avait commencé à travailler au cabaret, elle dormait encore comme une bûche à cette heure-là, d'habitude. Je me suis levée, m'attendant à trouver une note sur la table, mais rien. Je me suis dirigée vers les toilettes, et c'est là que je l'ai vue. Elle était endormie sur le divan dans la chambre de Laurent.

J'ai filé chez Peter's pour ne plus les voir. J'ai mangé mon sandwich au fromage par petites bouchées qui passaient mal et j'ai pris une décision, une autre décision sans Almée; je ne m'y habituais pas. Fallait que ça change, que je me suis dit. Qu'on redevienne les inséparables qu'on avait toujours été. Et pour que ça change, ça me prenait un coup d'éclat. Quelque chose qui allait sortir Almée des ventouses de Venise. C'est là que j'ai eu une illumination. «If you can't beat them, join them», qu'Ophélie disait tout le temps. Elle avait entendu ça dans un film, je pense. Quand je me faisais crier des noms à l'école ou voler mes cigarettes en chocolat, elle me ressortait toujours ça. À ce que j'avais compris, ça voulait dire «rentre dans la gang de ceux qui t'écœurent». Un peu comme un agent double, ou quelque chose comme ça. Ça avait ben du bon sens, je trouvais. Et puis mon père m'avait répété assez souvent qu'il ne fallait pas devoir d'argent aux autres; si je voulais devenir indépendante, il fallait bien que je commence à gagner mon pain. Almée ne pouvait pas continuer de payer le loyer pour moi : c'était moi qui devais veiller sur elle.

J'ai payé le serveur, puis j'ai ramassé tout le capital qu'il me restait pour mettre mon plan en action. Puisque je ne savais pas chanter, il fallait que je sois à la hauteur de Venise et de son maudit cabaret. Et pour ça, il fallait régler leur compte à mes cheveux anachroniques et à mon air de paysanne perdue dans les jupes trop grandes de sa sœur. J'allais devenir une vraie petite carte de mode!

Puisque mon capital était limité, je ne pouvais pas me permettre de reconstruire toute ma garde-robe; j'ai donc dû tricher un peu pour ajouter aux quelques morceaux que j'avais achetés dans le quartier des boutiques sur les conseils des vendeuses à la mode. Heureusement que ma mère, en bonne ménagère, nous avait appris à coudre, à Ophélie et à moi. Avec les ciseaux de cuisine de Laurent, j'ai attaqué mes vieux vêtements et je les ai mis au goût du jour en coupant un peu partout et en cousant ici et là. Venise allait tomber en bas de ses talons hauts en me voyant arriver. Pour ne rien faire à moitié, je m'étais même acheté un magazine féminin, un de ceux qui apprennent aux filles à s'habiller, à se coiffer et à se maquiller. Grâce à lui, j'ai trouvé tout ce qu'il fallait pour atténuer, rehausser, corriger et unifier les traits de mon joli visage et pour colorer, coiffer et assouplir mes cheveux fous. Almée m'aurait fait des gros yeux en voyant le bordel de pots de crème, de crayons, de pinceaux, de poudre et de teinture que j'avais répandu partout dans la chambre au milieu des retailles de tissus. Mais elle n'a rien dit, parce qu'elle n'était pas là.

J'ai teint mes cheveux bruns en noir comme une petite sorcière et j'ai mis du vert sur mes yeux, puis j'ai enfilé mes souliers neufs et je me suis fait une parade devant le miroir, comme Ophélie avec ses nouveaux vêtements au début de l'année scolaire, les vêtements que je porterais l'année suivante. Cette fois-ci, c'était moi qui avais les nouveaux vêtements! Et des vêtements à la dernière mode, s'il vous plaît. En tout cas, c'était ce que disait mon magazine de fille. Pour mettre la touche finale à mon grand travail de transformation, j'ai repris les ciseaux d'une main, j'ai attrapé mes cheveux de l'autre, et j'ai coupé au hasard. C'était bizarre et je suis sûre que ma mère ne m'aurait jamais laissée sortir de la maison avec cette tête-là, mais au moins, c'était différent. J'étais prête.

J'ai tout ramassé pour ne pas me faire chicaner par Almée, puis je me suis assise sur le lit avec un livre en attendant le moment où je pourrais montrer le résultat. Almée et Laurent sont rentrés en même temps, une heure ou deux après, et quand j'ai entendu leurs voix dans la cuisine, j'ai pris une grande inspiration. Ça y était : j'ai ouvert ma porte de chambre en grand, tout excitée.

Sur le coup, le fait qu'il n'y avait plus de bière dans le frigo a fait plus de bruit que ma nouvelle allure de grande fille. Laurent ne l'a même pas remarquée, et Almée n'a même pas remarqué que j'existais, sauf peut-être quand j'ai dit qu'il restait deux canettes dans l'armoire. Sans me laisser démonter, j'ai continué de leur tourner autour en sautillant dans la cuisine et, quand ils ont eu droit à leur ration d'alcool quotidienne (une ration tablette, mais une ration quand même), les colocs ont enfin remarqué que je n'avais plus la même tête. Almée a froncé les sourcils. Laurent a dit que c'était joli. C'était mieux qu'une claque sur la gueule, comme ils disent.

Dès le lendemain, j'ai continué mon plan. Un peu déçue par la réaction de mes colocs, qui n'avaient pas eu l'air impressionnés pour deux sous, j'ai pris mon courage à deux mains et je suis partie vers le Chat Rouge, plus tôt qu'Almée pour ne pas me faire voler la vedette. Pour la première fois depuis qu'on était en ville, les gens qui me regardaient dans la rue n'avaient pas l'air de rire de moi, bien au contraire. Alors, juste pour rigoler, j'ai changé ma démarche et j'ai pris l'air fatal et indifférent des mannequins de mon magazine de filles. Ça a marché : deux ou trois sifflements m'ont saluée au passage. Je me suis retenue pour ne pas éclater de rire et je me suis dépêchée d'arriver au Chat Rouge en espérant que je ferais le même effet à Venise. En entrant, je suis allée directement au bar pour la saluer.

Elle ne m'a pas reconnue.

Il faut dire qu'elle m'avait vue seulement 2 minutes à travers notre porte de chambre et à peu près 5 minutes le soir de la première d'Almée. Pour ne pas perdre ma contenance, j'ai décidé de rester un peu quand même, histoire qu'elle se souvienne de moi la prochaine fois. En la faisant parler (surtout d'Almée, notre plus grand point commun), j'ai fini par apprendre qu'elle cherchait une nouvelle serveuse. C'était pas entré dans l'oreille d'une sourde! J'ai pas sauté sur l'occasion tout de suite, pour ne pas avoir l'air d'abuser, mais je me suis promis que, bientôt, ce boulot-là serait à moi. Avec ma nouvelle allure de grande dame, j'avais tellement l'air de faire partie de son monde qu'à force, Venise finirait par le croire et par m'inviter à le joindre, et elle m'engagerait comme serveuse. J'étais vraiment une championne au jeu du caméléon : il faudrait juste que je fasse attention à ne pas me transformer en pieuvre moi aussi.

Lentement mais sûrement, mon plan avait fini par se réaliser; Ophélie, je te revaudrai ça. À force de me voir avec ma nouvelle allure et mes beaux vêtements, le Chat Rouge au grand complet a bien été obligé de se souvenir de moi. Pascale avait eu l'air surprise, même vaguement sceptique, quand elle m'avait vue la première fois, mais à la longue elle s'était habituée. Ou enfin, elle s'était faite à l'idée. Et à force de me voir m'installer dans ses quartiers, Venise avait fini par avoir l'idée que j'espérais : j'allais commencer aujourd'hui au cabaret comme serveuse de nuit, avec le même horaire qu'Almée. Bingo!

Depuis une semaine, je m'habituais à l'horaire de nuit sans travailler. J'adorais ça. J'étais décidément une fille de nuit, de toute façon : quand j'étais petite, je voulais jamais me coucher. Mes parents finissaient toujours par m'y forcer, mais quand ils étaient endormis et que la maison était toute noire, je me relevais et je traversais les pièces sur la pointe des pieds, je bondissais en silence dans la lumière des lampadaires et de la lune qui passait par les stores verticaux. Je me couchais à pas d'heure, et ils s'étonnaient le lendemain de me voir si tant tellement fatiguée quand ils me tiraient du lit pour l'école. Je n'avais jamais aimé le matin, peut-être à cause de mes nuits. Maintenant, les nuits étaient redevenues ce qu'elles étaient quand j'étais enfant, mais en version améliorée : la guitare de Laurent et l'odeur des cigares qu'il fumait coup sur coup en rentrant du travail leur donnaient un goût tout spécial.

Je me préparais du mieux que je pouvais pour mes débuts au cabaret, en mettant ma plus jolie robe et un peu de noir sur mes yeux. Ça me rendait tout excitée de penser que j'allais devenir serveuse pour de vrai. Quand on était petites, Almée et moi, on jouait souvent au restaurant. Au village, il n'y en avait qu'un, et on n'y allait jamais. Mais on en rêvait pendant des soirées entières, de la fenêtre de ma chambre, en regardant l'enseigne au néon qui nous appelait.

J'ai mis une dernière main à mon maquillage juste avant de partir, comme le conseillait mon magazine de belles madames, et Almée est venue me chercher dans la salle de bain.

– Chloé?
– Oui?
– Es-tu prête?
– On y va!

J'ai attrapé mon sac (neuf aussi, un vrai sac de vraie fille, tiré de la page 25) et Almée et moi on est parties travailler bras dessus, bras dessous pour ma première journée, comme quand on allait à l'école au village. Elle m'a raconté ses rêves de la nuit, je lui ai raconté les miens, on s'est dépêché de tout se dire avant que la cloche sonne. Elle n'avait toujours rien dit sur ma transformation, mais elle avait arrêté de froncer les sourcils quand elle me voyait. Je me disais qu'au fond, elle devait s'en foutre.

Quand on est sorties du vestiaire des employés, presque pareilles dans nos tabliers, Almée m'a fait une bise avant de filer à son poste.

– Aujourd'hui, je suis à la caisse. Je vais te faire des clins d'yeux pour quand tu seras débordée.

Je lui ai souri et je suis allée retrouver la fille qui devait me former. C'était bon d'avoir retrouvé mon Almée à moi.

*

Je m'étais rendu compte assez vite que c'était dur, être serveuse. Surtout vers 1 h 30. C'était l'heure critique, celle où on commençait à dire n'importe quoi. Et puis il fallait aller vite, accélérer, se rappeler, même si on commençait à avoir l'esprit enfumé. Vers 1 h 30, Almée et moi on prenait une pause pour aller rire dans les toilettes. On faisait comme à l'école, on s'arrangeait pour ne pas avoir l'air d'y aller ensemble, parce que Venise aimait pas trop ça et qu'elle était toujours à nous surveiller d'un œil méfiant. Mais rendues là-bas, on s'attendait et on ouvrait grand les robinets, on se jetait de l'eau dans le visage pour se réveiller, et évidemment on en mettait partout, et ça nous faisait nous tordre de rire. Des fois, aussi, on faisait un concours de la phrase la plus absurde; c'était toujours moi qui gagnais parce qu'Almée riait tellement qu'elle n'était plus capable de continuer.

Depuis quelques jours, on avait décidé de s'emmener des livres et de les cacher dans un coin, pour s'en crier des bouts quand on penserait que notre cerveau allait exploser. Les clients, c'était dur à supporter, parfois. Une chance qu'on s'avait pour ça. Entre nous deux, c'était presque redevenu comme avant; ça me rassurait. Je me l'étais pas trop avoué, mais j'avais quand même eu peur qu'Almée se mette à me détester quand elle verrait que je jouais dans ses plates-bandes, avec Venise et tout ça. Mais elle n'est pas comme ça. Elle est candide, Almée, il suffit qu'on lui fasse un clin d'œil pour qu'elle éclate de rire et saute dans vos bras comme avant. J'avais oublié comme tout était si facile, avec Almée. Venise s'en était bien rendu compte, elle aussi, et elle essayait tant bien que mal de garder Almée pour elle toute seule, bien collée à ses ventouses. Elle essayait de nous séparer, en nous faisant travailler dans des sections différentes, voire en nous attribuant des soirs différents. On échangeait d'horaire en cachette avec d'autres serveuses, juste pour le plaisir de la voir froncer son nez en nous voyant arriver bras dessus, bras dessous. Et quand vraiment on ne réussissait pas à travailler en même temps, il y avait toujours Pascale, fidèle au poste, à qui je pouvais tout dire et avec qui je riais aussi fort qu'avec Almée.

Avec Laurent aussi, c'était mieux. On avait pris très vite l'habitude, les soirs où on rentrait de travailler tous les trois aux mêmes heures, de boire une bière ensemble avant d'aller se coucher. Je commençais à m'y faire, même que ça ne me faisait plus autant d'effet qu'avant. Souvent, Almée allait dormir la première, trop fatiguée, et moi je veillais jusqu'à ce que Laurent se mette à bâiller. Pour ne pas avoir l'air d'attendre après lui pour aller me coucher, je lui faisais croire que je commençais à m'endormir et je filais en courant sans même l'embrasser. Je lui faisais un tata gracieux comme Venise, je riais et je disparaissais. Souvent, par la craque de la porte, je le surprenais qui fixait notre porte un long moment avant d'éteindre et d'aller dormir dans son grand lit. Chaque fois, j'avais le cœur qui battait tellement fort que j'avais peur qu'il l'entende, lui et tous les passants dans la rue, alors j'allais vite me cacher sous les couvertures pour étouffer le bruit qui me trahirait.

Après deux semaines à vivre sur ce petit régime, c'était enfin jour de congé pour Laurent et moi en même temps. On était tous les deux à l'appartement, et ça me plaisait bien. J'espérais qu'on pourrait passer du temps tout seuls ensemble et que, peut-être, il me dirait encore que j'étais jolie, ou quelque chose d'autre dans le même goût. On s'habitue vite aux compliments. J'étais en train de désennuyer Oreste en pensant à une façon d'aller engager la conversation quand on a sonné à la porte. Laurent, tout de suite, a crié : «J'y vais!». Tant mieux. Il y avait plus de chances que ce soit pour lui et, de toute façon, je n'avais jamais aimé répondre moi-même à la porte : quand c'est quelqu'un qu'on n'a pas envie de voir, on ne peut pas s'en débarrasser en allant se cacher dans sa chambre après. Pour me laisser la chance de battre en retraite si nécessaire, j'ai entrebâillé la porte de ma chambre et je me suis installée derrière, en écoutant de toutes mes forces pour deviner qui était à la porte. Laurent a ouvert.

– Surprise!

C'était une voix de carillon. Venise. Comme si je n'en avais pas assez de la voir tous les soirs où je travaillais, il fallait qu'elle me poursuive jusque dans mes journées de congé.

– Je te dérange pas, j'espère?
– Euh, non, non, pas du tout... J'étais en train de cuisiner.
– Je passais dans le coin et je me suis dit que ça faisait trop longtemps qu'on s'était vus.
– C'est vrai, ça remonte à loin...

Un silence. C'était vrai que Laurent n'avait pas revu Venise depuis le souper au canard. J'aurais préféré qu'ils en restent là, d'ailleurs.

– Je peux entrer?
– Euh, oui, bien sûr! On va aller dans la cuisine, si tu veux bien, je vais pouvoir continuer mes affaires...
– Pas de problème!

Pas de chance. De ma chambre, j'ai entendu deux gros becs sonores, puis le bruit des talons qui se rapprochaient. Ils se dirigeaient vers la cuisine et je me suis éloignée de la porte de peur que Venise me voie. Je n'allais pas la laisser rire de moi encore une fois.

– Qu'est-ce que tu prépares?
– Rien de bien compliqué, une soupe à l'ail et un pain aux courgettes... Tu veux goûter?

– Est-ce que c'est une invitation à souper ? Je ne dirais jamais non à un repas cuisiné par toi, tu le sais...

Elle lui a passé la main dans le dos un peu trop longtemps à mon goût. Laurent a jeté un coup d'œil à ma porte.

– Euh, oui, pourquoi pas. Il y en a en masse.
– Tu veux que j'aille nous acheter du vin ?
– Si tu veux. Prends-en pour trois, je pense que Chloé sera là aussi...
– Oh.

J'ai deviné la moue sur le visage de Venise et, à travers la porte, je lui ai tiré la langue. Elle a hésité un instant avant de continuer sa phrase : elle voulait avoir l'air fine devant Laurent, j'imagine.

– Je voudrais pas troubler votre souper tête à tête...
– Venise, c'est un souper entre colocs, pas une *date*.
– Moui, je sais... Mais depuis que t'habites avec ces deux-là, on te voit plus. Alors, je sais pas, je veux pas m'imposer...

Laurent a ri.

– Arrête ça. Je sais même pas si Chloé va être là pour souper. Depuis que tu les as engagées,

ces deux-là, je les vois plus...
– Ah bon? Moi qui pensais que vous étiez toujours accrochés les uns après les autres! Elles arrêtent pas de parler de toi, au cabaret...

C'était complètement faux. Il n'y avait qu'à Pascale que je parlais de Laurent, et ce n'étais certainement pas elle qui ferait le porte-panier à Venise. J'ai risqué un œil par la craque de la porte, pour voir. Laurent a levé un sourcil, l'air pas convaincu.

– Bon, je te sors une bière?
– D'accord! Mais si tu me saoules, je ne réponds plus de mes actes...

Laurent a souri et il s'est penché dans le frigo. J'en avais assez entendu. J'ai ramassé tout mon courage, j'ai caressé Oreste pour qu'il me porte chance et j'ai ouvert la porte, prête à aller m'installer dans la cuisine avec eux.

Je suis restée avec Laurent et Venise toute la soirée, sans décoller d'un pouce. À peine pour aller faire pipi, puisqu'il le fallait. Ça n'avait pas l'air de déranger Laurent, et Venise faisait comme si ça ne la dérangeait pas non plus, mais elle n'en ratait pas une. Je n'ai pas pu placer plus de trois phrases sans qu'elle m'interrompe, et quand elle me laissait terminer, c'était pour mieux reprendre le contrôle de la conversation. J'ai bien failli abandonner et me sauver dans ma chambre avec Oreste, mais ça aurait été comme la laisser gagner, alors j'ai décidé de résister jusqu'à ce qu'Almée arrive. Quand la porte a grincé, j'ai tout de suite vu Venise se composer un air de madone, à la fois charmant et protecteur. Et quand Almée a mis le pied dans la cuisine, Venise l'a accueillie comme si elle avait été le Messie, en se jetant à son cou et en l'embrassant trop fort.

– Almée! Bonsoir, ma belle! La soirée n'a pas été trop difficile?
– Non, non, tout s'est bien passé.
– Fantastique! Tu vois, je suis venue passer un peu de temps avec vous. Je trouve qu'on ne se voit pas assez en dehors du travail...

J'ai laissé échappé un petit rire devant son numéro de charme, et Laurent s'est tourné vers moi avec un sourire en coin. Je me suis levée en souriant, moi aussi.

– Bon, je vous laisse, moi, je vais me coucher.

Almée s'est tournée vers moi.

– Oh, déjà? Je viens juste de rentrer!

J'ai soufflé une bise générale et je suis allée m'enfouir dans les couvertures, collée sur Oreste, et satisfaite.

Le soir suivant, on travaillait toutes les deux, moi au service, Almée à la chanson. Après la soirée de la veille, j'étais prête à affronter Venise sur son propre territoire, surtout depuis que c'était redevenu si simple entre Almée et moi, depuis que je jouais dans ses plates-bandes. Quand il a été l'heure de partir, après avoir salué Oreste, Almée a pris un de nos vieux livres et moi, en secret, j'en ai pris un à Laurent, qui avait une immense bibliothèque dans le salon. On allait s'en crier, des phrases, c'était les clients qui allaient être renversés! Almée m'a attrapée par le bras quand on est arrivées dans la rue, et on a gambadé joyeusement jusqu'au cabaret, en faisant un détour par la mer parce qu'on était en avance. J'ai couru à travers les pigeons comme un petit chien tout fou, puis, on a fait des clins d'yeux au monsieur qui vend des aquarelles, on a fait des grimaces à l'Hôtel de Ville et on s'est écrasées sur un banc. La soirée n'était pas commencée qu'on était déjà brûlées. Almée s'est tournée vers moi avec un air piteux, celui qu'elle avait déjà toute petite quand elle n'avait pas pu tenir une promesse.

– J'ai rêvé à mes parents, cette nuit...

Je n'ai pas su quoi répondre, alors je l'ai laissée continuer.

– Ils étaient tellement tristes de ne pas m'avoir retrouvée qu'ils pleuraient tout le temps et qu'ils n'étaient plus capables de danser. Ça m'a fait tout drôle. Je me suis sentie coupable...
– C'est juste un rêve, Almée.
– Oui, mais ça m'a fait réfléchir... Est-ce qu'on ne devrait pas essayer de retrouver nos pa-

rents, juste pour leur dire qu'on est en vie? Ils doivent être tellement inquiets...

– S'ils étaient vraiment inquiets, tu ne penses pas qu'ils nous auraient déjà retrouvées? C'est pas comme si on se cachait en dessous d'un lit en attendant qu'ils nous oublient.

– Quand même, il me semble que le jeu a assez duré. Je pense que j'aimerais ça, les revoir... Juste un petit peu.

Je suis restée surprise. Je n'avais jamais imaginé que ce genre d'idée traverserait la tête d'Almée. Surtout pas maintenant, en tout cas.

– Et si tu les retrouves, qu'est-ce que tu vas faire si tu découvres qu'ils ont continué leur vie comme avant?

– Ça se peut pas, voyons!

– Tes parents n'étaient jamais là, toujours partis en tournée avec leur compagnie. Dans le fond, ça les arrange peut-être de ne plus avoir à se soucier de toi. Ils savent qu'on est ensemble, ça suffit.

C'était cruel, mais j'avais pas le choix. Le visage d'Almée s'est décomposé.

– Tu penses?

– Je te le dis, s'ils avaient voulu nous retrouver, ils l'auraient déjà fait. Et puis, on n'a plus besoin de parents. Regarde-nous, on se débrouille tellement bien! On a juste à rester fidèles à notre pacte, et tout va bien aller.

– Je voudrais juste les voir un peu...
– Almée, tu n'as pas besoin de tes parents, et ils n'ont pas besoin de toi. Tu t'es toujours passée d'eux, tu vas pas arrêter aujourd'hui.

Elle a soupiré, les yeux rivés sur le bout de ses pieds.

– T'as peut-être raison. Oui, t'as sûrement raison.
– Allez, viens maintenant, on va être en retard.

On s'est enfoncées dans le quartier chinois jusqu'à ce qu'on atteigne le Chat Rouge. Venise était de service ce soir-là, elle nous a saluées avec son sourire innocent en nous voyant entrer, puis elle a froncé les sourcils en voyant la mine encore basse d'Almée. J'ai espéré qu'elle n'allait pas s'en mêler et lui mettre des idées dans la tête, mais je n'ai pas eu le temps de réagir qu'une première table m'appelait. Des martinis plein mon plateau, je suis allée servir quatre filles et j'ai senti mon livre dans ma poche de tablier, prêt à nous sauver de toutes les stratégies vicieuses de Venise. La soirée s'annonçait bonne malgré tout. Almée m'avait dit qu'elle allait encore chanter son foutu genre musical branché. Je me suis dit qu'il faudrait bien ajouter ce concept-là à l'encyclopédie, quand je finirais par savoir ce que c'était.

J'étais en train d'ignorer ma cinquième blague plate de la soirée quand tout à coup j'ai vu

Almée disparaître avec Venise un peu avant
son numéro. Elles s'en allaient vers le *backstore* : c'est comme ça qu'elles appellent ça.
Ça m'a agacée de les voir comploter ensemble,
surtout pendant qu'Almée était plus fragile
que d'habitude, mais je pouvais rien faire
pour empêcher ça. J'ai soupiré et j'ai continué
à travailler en jetant des coups d'œil à la porte
de temps en temps, espérant les voir ressortir bientôt. Quand Almée est revenue, je lui ai
fait un signe qu'elle n'a pas vu, occupée qu'elle
était à rire un peu trop fort à mon goût, avec
les yeux un peu trop brillants. Je lui ai crié une
phrase au hasard dans mon nouveau livre,
pour la ramener sur terre, mais elle m'a pas
répondu, l'air pas intéressée pour deux sous.
Qu'est-ce qui lui prenait? Elle est allée chanter ses chansons, et moi j'ai fait comme si je
la voyais pas, comme si je voyais pas qu'elle
me regardait pas. Mais je la voyais, fébrile,
frémissante, presque sensuelle derrière son
micro, et ça me faisait bizarre. J'ai pas compris. Depuis qu'Almée savait qu'on l'écoutait,
depuis qu'elle ne chantait plus pour elle, son
maigre orgueil essayait de prendre le dessus.
Elle luttait comme elle pouvait, mais Venise
l'encourageait tellement que c'était plus fort
qu'elle, et c'était moins beau que lorsqu'elle
chantait avec Oreste. Pourtant, elle-même,
elle était plus belle qu'avant. On ne peut pas
tout avoir, qu'ils disent. Ils ont raison. Après
son *set* de chansons, elle s'est mise à papillon-
ner à travers le bar en parlant à tout le monde.
J'ai secoué la tête et j'ai décidé de ne pas m'en

mêler; de toute façon, j'avais trop d'ouvrage.

Quand mon *shift* a été fini, Almée m'attendait dans le vestiaire. Elle était redevenue à peu près normale, ou plus calme en tout cas. Ses yeux s'étaient éteints, aussi. On est rentrées à la maison ensemble et je n'ai pas posé de questions, même si son attitude de la soirée de chicotait. Si elle avait des explications à donner, elle pourrait bien me les donner sans que je lui tire les vers du nez. J'ai senti tout de même que ça l'arrangeait que je ne demande rien. En fait, elle n'avait pas l'air d'avoir envie de parler de quoi que ce soit. À tout ce que je disais, elle répondait par un signe de tête ou par un marmonnement inintelligible. J'ai décidé de me taire, ça valait mieux.

Quand on est arrivées, l'appartement était silencieux et obscur, Laurent dormait déjà. Almée a à peine mis le pied dans l'entrée qu'elle s'est précipitée dans les toilettes. Toujours sans rien dire, je l'ai suivie. À genoux, penchée sur la cuvette, elle a vomi ses tripes comme jamais avant. Je ne savais pas ce que Venise lui avait fait prendre, ou ce qu'elle avait mangé, mais c'était sûrement ignoble. Je lui ai flatté le dos comme je pouvais. Pauvre Almée. Ça lui apprendrait à flirter avec les pieuvres.

Quand même, quand elle a eu fini et qu'elle a eu l'air de se sentir mieux, une fois qu'elle a été couchée, bordée, la lumière fermée, je n'ai pas pu m'en empêcher. Les yeux grands ouverts dans le noir de notre chambre, j'ai eu besoin qu'elle me parle, qu'elle m'explique un peu.

– À quoi tu joues?
– Comment, à quoi je joue?

Elle avait la voix pâteuse, fatiguée.

– Ben, qu'est-ce qui s'est passé, ce soir?
– Je sais pas de quoi tu parles.

J'ai soupiré. J'avais pas envie de jouer aux devinettes ou de lui tordre un bras. J'ai décidé de lui dire ce que je pensais pour vrai.

– Almée, je m'ennuie, en ville. Travailler, c'est vraiment pas aussi excitant que je pensais.

Elle n'a pas dit un mot. Qui ne dit mot consent, qu'ils disent, alors j'ai continué.

– L'autre jour, en cachette, j'ai acheté une carte du pays, et j'ai trouvé plein d'endroits qui avaient l'air intéressants. Je voulais te faire une surprise. On pourrait reprendre nos vélos et repartir! Demain, si tu veux!
– Chloé, de quoi tu parles? Je peux pas repartir, j'ai un contrat avec Venise.
– On s'en fout, de Venise!
– Toi peut-être, mais pas moi. Et j'aime ça, ici, je veux pas m'en aller.

Venise l'avait complètement attrapée dans son piège, on aurait dit. Je reconnaissais plus mon Almée à moi, celle qui m'aurait suivi dans une nouvelle aventure les yeux fermés.

– Mais t'es devenue bizarre... J'aime pas te voir comme ça. Et tes parents non plus n'aimeraient pas ça...

Elle s'est redressée un peu, sa voix s'est durcie.

– Tu peux bien me parler du pacte, Chloé, si t'es pour ressortir mes parents à la première occasion!

Almée s'est laissée retomber sur son oreiller et s'est retournée. J'avais raté mon coup, elle n'avait rien compris, et maintenant, elle était fâchée, et elle allait bouder.

– T'es sûre que tu veux pas qu'on reparte? Ce serait bon pour Oreste...
– Si tu veux tant que ça repartir, vas-y, je te retiens pas. Mais moi, je pars pas.

Je ne savais pas quoi répondre pour la faire défâcher. Que se séparer, c'était pas ce qu'on avait prévu? J'étais la première à avoir introduit quelqu'un dans notre autarcie, à avoir forcé un peu les choses pour qu'on se rapproche de Laurent. Je pouvais bien parler. C'était à cause de moi qu'elle avait rencontré Venise, finalement, et que tout avait changé. J'ai fait un air piteux à Almée, sans savoir si elle le voyait dans le noir, et je me suis retournée, moi aussi, découragée.

*

Il y avait des jours parfois où personne à l'appartement ne travaillait et où on se dispersait aux quatre coins de la ville portuaire, parce qu'on ne pouvait pas rester les trois ensemble sans arrêt et que ça nous prenait un petit *break*. Aujourd'hui, c'était un jour comme ça. Almée sortait avec la «famille», la gang à Venise, ils allaient manger du poulet frit dans un resto miteux. J'essayais de me convaincre que ce n'était pas grave, qu'elle avait le droit d'avoir des amis et qu'elle ne me boudait pas, mais quand même, ça me restait un peu en travers de la gorge. Laurent, lui, cuisinait, comme presque chaque fois qu'il avait congé. Mais aujourd'hui, j'avais pas envie de m'enfuir chez Peter's faire des blagues avec le serveur et manger des sandwichs au fromage, ni d'aller lécher les vitrines du quartier des boutiques, ni d'aller au cinéma voir un film dont je me souviendrais pas. J'en avais assez de tourner en rond dans une ville en étoile. Et j'avais envie de rester à la maison et de passer du temps avec lui, comme pour compenser l'absence d'Almée. Je suis allée le rejoindre dans la cuisine. D'habitude, quand il était dans la popote, je me tenais tranquille jusqu'à ce que ça soit prêt : Laurent, il était comme le chef de la cuisine, le dictateur des casseroles, parce qu'on connaissait rien là-dedans, et puis parce que, apparemment, ça lui faisait plaisir de nous engraisser comme des oies. Mais là, c'était pas pareil : j'avais envie de le rejoindre sur son propre terrain.

– Laurent, veux-tu que je coupe les oignons ? Ça me fait pas pleurer, moi...

Il m'a sorti sa face surprise.

– Euh, oui, ça serait fin...

Il m'a tendu oignons, planche et couteau, et je me suis installée silencieusement à la table de la cuisine.

Quand Almée est rentrée pour souper, on l'attendait tout contents avec un gigot d'agneau et une soupe à l'oignon gratinée. J'espérais l'amadouer en passant par l'estomac, mais elle a jeté un œil sur nos plats, nous a servi une moue vaguement impressionnée, a attrapé une bière dans le frigo et a disparu dans notre chambre. J'ai regardé Laurent, il a froncé les sourcils.

Décidément, elle était beaucoup plus agréable quand elle n'avait pas de vie sociale.

V

*Où Pascale dédramatise la situation, où le
lit de Laurent devient trop grand pour lui et
où Almée tourne*

Parfois, j'avais du mal à tenir le rythme, au
cabaret. Il arrivait des petites choses qui me dis-
trayaient – mon crayon qui coulait, une chanson que j'aimais, des rires au bar – et, l'espace
d'un instant, j'oubliais les clients qui m'attendaient. En général, ça ne faisait pas 10 secondes que je m'étais égarée que Venise venait
claquer des doigts devant mes yeux. Ça m'était
arrivé ce soir-là, parce que je manquais de papier pour noter les commandes. Quand Venise
est apparue sous mon nez, j'ai fait comme si de
rien n'était et j'ai viré de bord pour ramasser le
bloc-notes que Pascale, au bar, me tendait en
souriant. On ne peut pas être branché sur le
220 24 heures sur 24, diable!

J'ai couru comme une folle d'une table à
l'autre pour montrer à Venise que c'était pas
15 secondes dans la lune qui faisaient de moi
une mauvaise serveuse. Puis, quand l'heure
de ma pause est arrivée, j'ai couru à côté, à un
des mille restos chinois du quartier, me chercher un bol de riz blanc avec des baguettes. Arrivée au resto, en attendant mon plat, j'ai enfin soufflé un peu, loin des regards, et j'ai joué
avec des baguettes pour me changer le mal de

place. J'adorais manger avec des baguettes : je devais me concentrer tellement fort pour que la bouchée se rende dans ma bouche qu'à chaque fois, c'était comme si je recevais un prix Nobel de chimie. En mangeant mon bol de riz, qui a fini par arriver devant moi, j'ai réfléchi. J'étais bien décidée à repartir, qu'Almée le veuille ou non. Je repensais à la carte, que j'avais cachée sous le matelas, et aux petites étoiles que j'avais dessinées dessus pour marquer les endroits où je voulais aller. Le mieux serait de commencer par le plus proche et de les visiter un après l'autre, jusqu'à ce qu'on ait fait le tour et qu'on change de pays. «On», parce que j'allais partir avec Almée, c'était sûr : j'avais promis qu'on ne se quitterait pas d'une semelle, et tant pis si ça ne lui plaisait pas. Il me restait juste à imaginer comment la convaincre. Peut-être en préparant tout et en la prenant par surprise à la dernière minute? Une fois que j'aurais tout empaqueté sur mon vélo, elle ne me laisserait certainement pas partir avec toutes ses affaires. Quand mon bol de riz a été pas mal fini, il me restait trois minutes de pause, alors j'ai sorti mon livre et j'ai ouvert au hasard. Il y avait plein de phrases à crier à Almée pour essayer de l'amadouer; j'ai dû y aller par élimination. Finalement, quand je suis rentrée au cabaret, je lui ai dit : «Il faut mouiller ça!». Elle avait un client, elle n'a pas répondu. J'ai haussé les épaules, un peu déçue, et j'ai recommencé à courir. Le cabaret, c'était un sprint de tous les instants, surtout les soirs où Venise travaillait. C'était les pires, et ça m'aidait pas à l'aimer.

Un peu avant l'heure de fermer, Almée est venue me voir avec un air embarrassé : elle irait dormir chez Venise, tantôt. J'ai eu envie de me fâcher, puis de la mettre en garde, puis un peu de pleurer, tout ça en deux secondes, mais j'avais un client, moi aussi, et j'avais pas le temps de m'épancher. J'ai donc décidé de faire ça court et je lui ai fait un vague signe de tête qui voulait dire que ce n'était pas important et que je rentrerais bien toute seule. Je suis retournée à mes commandes; de toute façon, ça me donnerait l'occasion de commencer nos bagages pour le départ, que je me suis dit pour m'encourager. Almée est restée à côté un moment, comme pas certaine de ce qu'elle devait faire, puis elle a fini par se tasser parce qu'elle était dans mon chemin. Je lui ai jeté un dernier regard comme elle s'en allait se changer dans le vestiaire.

– Bonne nuit! Dormez bien!

Elle a fait un petit sourire gêné.

– Toi aussi...

Cinq minutes plus tard, elle et Venise partaient en même temps, en placotant et en riant bien fort comme pour enterrer la musique qui jouait encore dans le bar. Elles avaient l'air de deux larrons en foire. J'ai regardé ailleurs.

Quand l'heure de fermer est finalement arrivée, Pascale, qui n'avait rien raté de la tension entre Almée et moi, m'a mis la main sur l'épaule.

– Ça va passer, tu sais... Venise, quand elle découvre quelqu'un, elle se l'accapare, mais elle se tanne vite. Et quand elle a profité au maximum de son nouveau chouchou, elle le délaisse pour s'en trouver un autre. C'est pour ça que je suis bien contente qu'elle ne m'ait jamais adoptée...

– Tu penses qu'elle va se tanner d'Almée?

– Plus vite que tu penses. Et il va falloir que tu sois prête à la ramasser.

Elle m'a fait la bise et elle a filé vers chez elle, me laissant un peu songeuse. J'avais du mal à croire que même Venise-la-pieuvre pouvait être aussi méchante, mais j'avais envie de croire Pascale, même si ça voulait dire qu'Almée aurait de la peine. Et puis si Almée se faisait lâcher par Venise, elle accepterait sûrement de quitter la ville. Je n'aurais peut-être même pas besoin de la convaincre.

Quand je suis rentrée du travail, Laurent m'attendait pour jaser sur son lit. C'était une habitude qu'on avait prise depuis quelques jours, puisque le plus souvent, Almée allait directement se coucher en rentrant, ou bien elle n'était pas là. Alors tant qu'à être deux, on avait laissé tomber la table de la cuisine, c'était beaucoup plus confortable sur un matelas. Je me suis assise à côté de lui, le dos contre le mur. Je lui ai raconté ma soirée, il m'a raconté ses affiches. Je lui ai parlé d'Almée qui était partie chez Venise, mais j'ai pas osé répéter ce qu'avait dit Pascale, parce que, mine de rien, Laurent était ami avec Venise, et je ne voulais pas qu'il me fasse des gros yeux parce que je parlais dans son dos.

– Ça t'écœure qu'elle dorme ailleurs?
– Non, c'est pas ça... C'est qu'elle dorme chez Venise... Tu comprends?

Laurent comprenait, ça se voyait au regard qu'il avait. Il m'a mis une main sur la cuisse en frottant un peu, comme on frotte le dos de quelqu'un pour le réconforter. Ça m'a surprise. On ne se touchait pratiquement jamais, sauf pour se faire la bise. Mais je l'ai laissé faire, c'était pas désagréable. On était tout collés, et ça me faisait comme un drôle d'effet, comme quand il avait débarqué dans notre chambre à l'hôtel pour la première fois.

– Tu sais, Venise va pas la manger.
– Je sais. J'ai juste peur qu'Almée se laisse trop influencer. Ça commence déjà...

Laurent a enlevé sa main de sur ma cuisse et a étiré son bras pour le passer autour de mes épaules. J'ai froncé les sourcils. Je savais où ça menait, tout ça, j'avais vu des films, avec Ophélie. Qu'est-ce que j'allais faire s'il essayait de m'embrasser?

– Je m'endors, Laurent... Je pense que je devrais aller me coucher.
– Ben non, reste... T'as congé demain, non?
– Oui, mais... Je m'endors vraiment...
– Reste, j'te dis.

J'ai eu envie de résister, parce que je ne savais absolument pas comment gérer tout ça. Je n'avais rien vu venir du tout, et maintenant Laurent me serrait dans ses bras. Il me semblait que ce n'était pas bien, pas comme il faut. Et puis c'était vrai que je m'endormais de plus en plus, et mes yeux commençaient à se fermer tout seuls. Mais justement, je n'avais pas trop envie de bouger non plus. Je pourrais peut-être bien rester là, tout simplement, et m'endormir. Il n'arriverait rien si je m'endormais. J'ai laissé tomber ma tête sur son épaule et mes yeux se sont fermés. Laurent m'a secouée doucement.

– Chloé? Tu dors?
– ...

J'avais cédé.

C'est Almée qui nous a réveillés. En l'entendant crier «Bonjour!», j'ai ouvert mes yeux brouillés et, le temps de me rappeler qui j'étais, je me suis rendu compte que j'étais dans le lit de Laurent qui s'éveillait lentement, dans ses draps, le visage à deux pouces du sien. J'ai fait le saut et j'ai rebondi par terre pour courir aux toilettes. En chemin, j'ai croisé Almée, qui a changé d'air en me voyant. J'ai hésité une seconde, puis je me suis précipitée dans la salle de bain, j'ai barré la porte. J'ai ouvert la douche et je me suis enfermée dans l'eau chaude, j'ai laissé l'eau me dégouliner sur le corps en essayant de ne penser à rien. Merde, merde, merde.

J'ai laissé ma douche s'étirer au-delà des moyennes de saison. Je ne voulais pas sortir des toilettes. Qu'est-ce qu'Almée allait penser? Que je grognais parce qu'elle se laissait mener à la baguette par Venise, mais que je profitais de son absence pour me jeter dans les bras de Laurent? Je lui avais reproché de me délaisser et j'avais fait pire. Laurent, c'était notre co-loc à nous deux, on l'avait tout de suite aimé, adoré, adopté toutes les deux, je ne pouvais pas le garder pour moi. Ce n'était pas loyal. Et puis je n'avais pas envie qu'elle pense que je jouais à l'amoureuse transie, c'était pas mon genre. Et Laurent, qu'est-ce qu'il allait s'imaginer? Que j'étais une fille qu'on invite dans son lit?

Avec mon savon au jasmin, je me suis frottée et refrottée pour me débarrasser de l'odeur de Laurent, une odeur poivrée de parfum d'homme qui me collait après. Il n'y a rien de pire qu'une odeur, ça arrive sans prévenir et ça reste, ça vous rappelle sans cesse ce que vous pensiez pouvoir oublier.

J'ai fini par arrêter la douche, j'ai écouté le silence à l'extérieur. Peut-être qu'Almée était repartie. Peut-être que Laurent s'était rendormi. Je me suis risquée sur la pointe des pieds hors de la salle de bain en regardant tout autour au cas où ils pourraient m'apercevoir. Almée n'avait pas l'air là, la porte de Laurent était fermée. Tant mieux. J'ai trottiné jusqu'à notre chambre dans l'espoir de m'habiller en vitesse et de filer aussitôt chez Peter's pour pouvoir déjeuner en paix. J'étais à moitié habillée quand la porte s'est ouverte derrière moi; j'ai figé.

– Te dérange pas pour moi, vas-y, habille-toi.

Almée. C'était elle, derrière la porte fermée de Laurent? J'ai enfilé un chandail en essayant de faire la conversation.

– C'était bien, chez Venise?
– Très bien, oui. Et toi, avec Laurent?

Je me suis retournée vers elle. Elle avait un drôle d'air, un peu narquois, que je ne lui connaissais pas.

– Euh... Comme d'habitude.

Elle m'a regardé en hochant la tête avec un air satisfait, puis elle a ramassé deux-trois affaires et elle est ressortie de la chambre en coup de vent.

– Tant mieux ! Faut que j'y aille. À ce soir.

Et elle est disparue comme elle était apparue, avec sa confiance en béton. J'aurais préféré qu'elle m'engueule, qu'elle me fasse une scène, qu'elle me rappelle notre pacte, notre serment de rester toutes les deux ensemble sans jamais avoir besoin de personne. Mais non. Elle n'avait plus besoin de moi, on aurait dit. Ça serait encore plus difficile que j'imaginais de la convaincre de repartir. Je suis restée dépitée, à regarder la porte qu'elle avait refermée derrière elle. Depuis qu'elle avait pris la responsabilité des cartes routières, quand on avait quitté le village, son affirmation de soi était exponentielle ; je me suis demandé où ça allait finir.

*

Dans les semaines qui ont suivi, Almée a été de moins en moins souvent à l'appartement. L'affaire, c'était qu'être seule avec Laurent ne m'enchantait pas spécialement depuis l'autre nuit. Pas que je ne voulais pas le voir, bien au contraire. Mais c'est surtout que je ne savais plus quoi dire, quoi faire en sa présence. On en avait pas reparlé, on en était au statu quo, mais quand même, c'était plus fort que moi : quand on était tout seuls tous les deux, je me tenais loin et je regardais ailleurs. Évidemment, c'était dur à tenir 24 heures sur 24, et je n'avais pas assez de sous pour passer ma vie chez Peter's à me gaver de sandwichs au fromage. Alors, quand je n'ai plus été capable de supporter la situation, je me suis arrangée pour qu'on soit bien entourés. On s'est mis à voir souvent les amis de Laurent, ceux qui étaient là au souper où Venise avait mis le grappin sur Almée. Tous des garçons. Ça plaisait à Laurent, et à moi aussi. J'aimais bien être la seule fille au milieu de tous ces hommes, c'était un peu comme si j'avais joué dans un film. Je prenais mon rôle très au sérieux, en minaudant un peu comme les actrices savent le faire, et les garçons s'amusaient à me charmer, mine de rien.

Un soir qu'on rentrait d'une des ces sorties-là, j'ai senti que Laurent était différent. Il pleuvait. On était rentrés à pied parce que c'était juste à côté et, arrivés chez nous, comme on était tout trempés, on s'est vite débarrassés de nos plus gros vêtements. Dans ma chambre, j'ai enfilé une robe de chambre et j'ai couru aux toilettes pour sécher mes cheveux. J'étais là, une serviette autour de la tête, quand il est venu me chercher, en sous-vêtements, sautillant.

– Viens!
– Où ça?
– Dehors!
– Laurent, on arrive de là, il y a un orage.
– Justement! Viens dans l'orage avec moi!

J'ai fait la moue.

– J'ai pas envie de mouiller ma robe de chambre...

– T'as juste à l'enlever! Allez, viens!

Il était excité comme un gamin. Il m'a attrapé la main et m'a tiré vers le balcon. Il était tard, il n'y avait aucune lumière allumée dans le voisinage. Tout le monde était au sec, au chaud dans son lit.

– Vas-y, toi, si tu veux. J'ai eu mon quota de pluie pour ce soir.

Il m'a regardée avec l'air de celui qui ne se laisserait pas convaincre si facilement et, sans même que j'aie le temps de réagir, il m'a ôté ma robe de chambre, me laissant aussi peu vêtue que lui.

– Tu peux te mouiller, maintenant. Viens!

Et il m'a tirée dehors. Encore sous l'effet de la surprise, je n'ai pas su résister, et on s'est retrouvés sous l'orage, sur le balcon. Laurent a crié. J'ai crié aussi. La pluie était froide. Je me suis précipitée à l'intérieur en riant, attrapant ma robe de chambre au passage. Laurent m'a suivie et m'a poussée vers sa chambre, sur son lit.

– Tu dors ici, toi. Je ne peux pas te laisser dormir toute seule, tu pourrais attraper froid. Et puis mon lit est trop grand pour moi tout seul, de toute façon. Bouge pas!

Et il est ressorti, me laissant sur son lit, ahurie. J'ai pas bougé, je suis toujours une pro de la statue, et quand il est enfin revenu avec un deuxième oreiller, je me suis précipitée dans les couvertures : j'étais gelée. Laurent est venu me rejoindre, et on a entendu la porte s'ouvrir.

– Salut! C'est moi!

J'ai été tentée, comme par réflexe, de sauter en bas du lit et de me sauver dans le mien, mais Laurent m'a attrapé le bras et, les yeux rieurs, m'a fait «Chut!» avec son doigt sur la bouche. Je me suis ravisée et je me suis cachée avec lui sous les couvertures en rigolant, pendant qu'Almée pensait qu'elle était toute seule dans l'appartement.

*

Quand je me suis levée le lendemain, Laurent n'était pas là. Il ne m'avait pas réveillée, pas laissé de note, rien. J'ai pas trouvé ça très poli. Même que ça m'a fait comme un petit coup dans l'estomac, et j'ai déjeuné avec Almée en faisant exprès d'éviter le sujet. Je ne savais pas trop quoi dire, et puis de toute façon, ça ne l'aurait pas intéressée. J'étais plongée dans la lecture de ma boîte de céréales, dressée devant moi en barricade, quand Almée a toussé un peu, comme pour amorcer un discours, ou pour éclaircir l'atmosphère.

– J'ai discuté avec Venise, l'autre soir...
– Ah bon.
– Elle voudrait que je fasse de la tournée.

J'ai levé la tête et j'ai tassé la boîte, surprise.

– De la tournée?
– Un de ses amis est agent d'artistes, il est venu me voir chanter, l'autre soir. Et il voudrait s'occuper de ma carrière.

Sa carrière, et quoi encore?

– Et qu'est-ce que tu lui as répondu?
– J'ai dit oui.

Affirmation de soi exponentielle, que je vous disais. Ex-po-nen-tielle. Je l'ai regardée fixement pendant un instant, sans trop savoir quoi répondre. Puis j'ai haussé les épaules et j'ai ramassé mon assiette. Elle pouvait bien faire ce qu'elle voulait, au point où on en était. J'ai pris mes affaires et je suis partie en fermant la porte un peu trop fort, sans explication.

Je me suis rendue chez Peter's avec une drôle de mauvaise humeur. Le serveur m'a demandé «Comme d'habitude?» d'un air complice, et ça ne m'a même pas impressionnée, c'est dire comme j'étais pas dans mon assiette. J'ai dit oui quand même. J'ai bu mon café à petite gorgée à travers ma gorge nouée. Ça passait mal. Le serveur est revenu me voir pour me demander si tout allait bien. Je ne savais pas s'il parlait de moi ou du café, mais j'ai répondu oui, pour qu'il s'en aille. J'ai voulu manger un sandwich au fromage, mais ça ne rentrait pas. J'avais comme Laurent sur l'estomac et Almée en travers de la gorge. J'ai vidé ma tasse en désespoir de cause et, mon café terminé, je suis sortie de chez Peter's en laissant la monnaie sur la table. Il commençait à pleuvoir et je n'avais envie de me faire prendre par l'orage. Pas une deuxième fois.

Je suis arrivée à l'appartement de justesse, tout juste comme le gros de l'averse se mettait à tomber. Heureusement, parce qu'Almée était encore là, tout excitée. Elle venait de parler à Venise au téléphone : elle avait ses premières dates de spectacles! Elle m'a annoncé ça en tremblant de plaisir; j'ai presque cru qu'elle allait s'évanouir. Il y avait déjà un voyage prévu, dans quelques jours à peine. Elle partait pour trois jours, dans trois villes différentes.

L'agent d'artistes ne chômait pas.

VI

Où Oreste passe la nuit dans la cuisine,
où Chloé arrache des affiches et où Pascale
n'est pas d'accord

J'ai accompagné Almée jusqu'au cabaret, le
jour de son départ. Avec la cage d'Oreste at-
tachée sur mon vélo pour qu'il lui fasse ses
adieux au cabaret et les valises d'Almée atta-
chées sur le sien pour qu'elle les apporte en
tournée, ça avait l'air de rien, mais on aurait
pu repartir, comme ça, sans prévenir. On l'a
pas fait, mais juste parce qu'Almée ne voulait pas : elle voulait faire des spectacles à la
place. J'ai mis Almée et ses valises dans le camion de l'agent d'artistes et le vélo d'Almée
dans le *backstore*. Venise, qui s'assurait que
sa protégée montait bien en voiture, a lancé
un regard de dégoût à Oreste, et Pascale, qui
était au bar, m'a fait un clin d'œil d'encou-
ragement. Je lui ai souri. Et en regardant le
camion s'éloigner avec Almée dedans, j'ai eu
une idée. En vitesse, je suis repartie chez nous
avec mon propre vélo et Oreste dans sa cage.
Arrivée à l'appartement, j'ai ramassé toutes
mes affaires, les plus importantes en tout cas,
et je les ai mises dans mon sac de voyage, que
j'ai attaché bien solidement sur mon dos. Et
comme ça, chargée comme un mulet à vélo
avec un lièvre apathique, je suis partie.

J'ai décidé de rouler dans la direction opposée à la mer, jusqu'à ce que je me retrouve à l'extérieur de la ville. Rendue là, il serait toujours temps de consulter la carte et de choisir où, exactement, j'allais aller.

Visiblement, j'étais un peu rouillée. Les coups de pédale étaient difficiles, encore plus que lorsqu'on est parties du village. C'était sûrement aussi parce que, vers l'extérieur de la ville, le chemin montait sans arrêt vers les collines. Je me suis dit que c'était bon pour moi, tout cet exercice. Même que, à la longue, je finirais par devenir une vraie athlète et je pourrais peut-être même m'inscrire, avec Oreste, à des compétitions. On ferait un tabac, c'est certain.

À mesure que je pédalais en suant toute l'eau que j'avais bue pendant les trois derniers jours, le paysage changeait et les maisons devenaient de plus en plus rares. Les voitures qui me frôlaient à grande vitesse aussi. Ça me faisait un bien fou de voir de l'herbe et des arbres, et des champs et des étables. Je sentais qu'Oreste, lui aussi, se sentait revivre et avait tous les sens en alerte. Pour le laisser en profiter et pour souffler un peu, je me suis arrêtée au bord du chemin, dans un champ recouvert de gazon, et je l'ai sorti de sa cage. Il a fait quelques bonds dans l'herbe et s'est aussitôt mis à la grignoter. Étendue à côté de lui, j'ai regardé les nuages défiler devant le soleil, qui descendait tranquillement vers l'horizon, vers la mer, que je ne voyais plus, au loin. J'ai pensé que, étant donné que j'avais un peu perdu l'habitude et que, toute seule, j'avais un peu peur, quand même, je n'allais pas dormir dans un champ pour le premier soir, alors j'ai sorti ma carte et j'ai cherché un endroit où dormir. Ils étaient indiqués avec des petits dessins de lit, c'était facile. À l'œil, j'ai repéré à peu près où je devais être rendue, en me fiant sur les pancartes que j'avais croisées en chemin et qui annonçaient des distances pour les villages des alentours. Ça tombait bien : tout près d'ici, il y avait un petit dessin de lit. J'ai remis Oreste dans sa cage et je suis remontée sur mon vélo en espérant que je m'en tirerais pour pas trop cher. Et puis, même si ça prenait une partie de mon capital, ça vaudrait mieux que dormir dehors, dans un champ que je ne connaissais pas.

Après une heure de pédalage dans la lumière qui disparaissait, j'ai fini par trouver une grosse maison de chambres toute en bois, un peu au milieu de nulle part, qui correspondait au petit dessin sur ma carte. J'étais pas peu fière : j'avais appris à lire des cartes par moi-même, même si Almée ne m'avait jamais laissé faire la première fois. Je me suis arrêtée devant la maison et j'ai jeté un œil à Oreste, qui n'avait pas l'air de vouloir contester mon choix. Tant mieux. J'ai attaché mon vélo contre un arbre devant la maison et je suis entrée, un peu timide. J'osais pas trop l'avouer, mais même après tout ce temps en ville, même après mes nuits comme serveuse, j'avais toujours un peu peur des étrangers, surtout quand je n'avais pas Almée avec moi.

Dans l'entrée, il n'y avait personne. Sur le comptoir en bois, il y avait une petite clochette, que j'ai fait tinter une ou deux fois. La dame qui tenait la maison de chambres est venue nous accueillir, Oreste et moi, en souriant. Elle était un vrai stéréotype, comme ils disent dans les livres d'auteurs importants : petite, grassouillette, sentant le parfum et portant un tablier en dentelle sur sa robe à fleurs. Elle ressemblait à ma grand-mère. Si on avait été en hiver, elle m'aurait offert du chocolat chaud au bord de la cheminée. À la place, elle m'a offert un bol de la soupe qu'elle venait de terminer. C'était une soupe à l'alphabet dans un bouillon de poulet, la soupe préférée d'Almée. J'ai accepté avec plaisir; j'avais besoin d'un peu de réconfort. Mine de rien, ça n'avait pas été facile de me rendre jusqu'ici.

Je me suis installée dans la salle à manger à la longue table en bois, j'ai mis Oreste par terre dans sa cage, et elle m'a servi mon bol en apportant une feuille de laitue. Elle m'a fait un clin d'œil en me la donnant. Ça m'a fait plaisir : j'avais peur qu'elle me fasse des difficultés et que je me retrouve obligée de laisser Oreste sur le balcon pour la nuit. Je lui ai donné sa feuille de laitue puis, avec mes lettres de soupe à l'alphabet, j'ai fait des

mots. O,R,E,S,T,E. A,L,M,É,E. C,H,L,O,É. Pour
les accents, c'était plus difficile. La dame a ri.
Elle trouvait ça drôle, une jeune fille qui écri-
vait avec une soupe à l'alphabet. Elle devait se
demander ce que je faisais là, à vélo, au milieu de nulle part. Je ne lui ai pas expliqué :
ça aurait été trop compliqué. La dame m'a dit
que j'étais sa seule cliente, que c'était pas la
saison des touristes. Toute la maison de bois
était à moi, tellement qu'elle m'a proposé de
choisir n'importe quelle chambre, même la
plus grande, pour le même prix que la plus petite. C'était gentil. Je l'ai remerciée, puis j'ai
bu tout le bouillon de ma soupe en essayant
de ne pas faire du bruit impoli. Après avoir
mangé juste les nouilles avec la cuillère, je
suis allée choisir ma chambre : j'en ai pris
une avec un grand lit à motifs de fleurs et
une petite fenêtre qui donnait sur les collines.
Almée aurait sûrement aimé la baignoire sur
pattes dans la salle de bain communicante, et
la toute petite table en bois avec une grosse
plante dessus. Il faisait complètement noir,
alors, parce que je ne savais pas trop quoi
faire avant d'aller dormir, je suis allée voir les
étoiles. Avec Oreste dans les bras, je suis sortie
sur la grande galerie en bois et j'ai levé le nez
au ciel : c'était toujours les mêmes que chez
nous. J'ai soupiré. C'était pas si amusant que
ça, vivre des aventures toute seule. J'ai bien
essayé de faire la conversation avec Oreste,
mais c'était un lièvre, alors, forcément, il ne
répondait pas beaucoup. Il était encore tôt
mais, en désespoir de cause, j'ai décidé d'aller

me coucher. Après avoir dit bonsoir à la dame, j'ai traversé le salon avec ses gros fauteuils rayés et je suis vite montée à ma chambre. Je me suis dit que je devrais au moins profiter de la baignoire sur pattes, quand même, alors je me suis fait couler un bain. Mais ça non plus, sans personne avec qui parler, ce n'était pas vraiment amusant. J'aurais eu envie qu'Almée soit là, mon Almée à moi, celle d'avant Venise, pour qu'elle me chante une chanson. Est-ce que c'était vraiment ce que je voulais, partir à l'aventure toute seule, sans personne avec qui se raconter des secrets avant de se coucher? Mais si je ne partais plus, je ferais quoi? Est-ce que je voulais vraiment revenir en ville, retrouver Laurent, Venise, mon travail au cabaret? Je suis sortie de la baignoire et je me suis séchée, puis, après un câlin à Oreste, qui avait repris son air de neurasthénique, je me suis couchée sous le couvre-lit fleuri. Demain matin, il serait encore temps de décider de la suite des choses.

*

La nuit m'avait porté conseil, cette fois-ci. En allant manger mon déjeuner inclus dans le prix de la chambre, je savais déjà ce que j'allais faire. Même si ça ne me faisait pas vraiment plaisir de le dire, j'allais rentrer en ville. Mais pas pour de bon : j'allais rentrer pour attendre Almée et la convaincre de repartir avec moi. Et si elle ne voulait pas, j'allais trouver quelqu'un d'autre. Pascale, peut-être. Ou alors, j'allais m'embarquer sur un navire et partir en mer pour vrai, avec un capitaine et tout ça. Mais surtout, je n'allais pas rester là à moisir dans notre appartement, à jouer les petits jeux de Laurent qui essayait de m'embrasser et de Venise qui essayait de m'enrager. Ça ne m'intéressait pas, ces affaires-là, c'était des niaiseries de livre de fille et je n'avais pas envie d'être de ce genre-là.

Dès que mon estomac a été rempli, je suis allée détacher mon vélo et, avec toutes mes affaires et Oreste dans sa cage, j'ai repris la route en revenant sur mes pas. C'était plus facile qu'à l'aller : ça descendait tout le long jusqu'à la mer. Le trajet était moins excitant, et je savais qu'avant la noirceur, je serais arrivée. Personne n'aurait eu le temps de se rendre compte de mon absence, et Almée serait revenue le lendemain.

Quand j'ai fini par apercevoir la ville, plus bas, et la mer au loin, j'ai eu comme un déjà-vu. Même si je n'arrivais pas par la même route, ça me rappelait notre arrivée en ville, à Almée et moi, et mon cœur s'est mis à battre un peu plus vite. Sans même y réfléchir, j'ai pris le chemin du port, et j'ai traversé toute la ville jusqu'à ce que j'arrive au bout du quai. J'ai freiné d'un coup sec et mon vélo a sursauté, mes freins ont fait le même bruit de mort que la première fois. Oreste a même claqué des dents, comme pour marquer le coup. J'étais là, juste à côté de langue de pierre pleine de peintures de marins, mais je n'étais plus éblouie par le soleil qui se coulait dans l'eau. Lentement, j'ai marché avec mon vélo jusque chez Peter's et, après un sandwich au fromage et un café, je suis rentrée à l'appartement. Laurent était dans la cuisine, en train de manger. Il a froncé les sourcils devant mon sac à dos et la cage d'Oreste, mais il n'a pas posé de question. J'ai laissé Oreste se promener dans l'appartement pour qu'il se remette de ses émotions et j'ai pris une bière dans le frigo, pour avoir l'air de celle qui rentre chez elle comme si de rien n'était. Je l'ai bue en discutant avec Laurent, sans lui parler de mes projets ni de mon aventure dans la maison de chambres, et puis il est parti travailler. Dès qu'il a été parti, je suis allée me coucher pour prendre des forces pour le lendemain. Almée revenait.

*

Quand je me suis réveillée, Laurent était sorti. J'ai arpenté l'appartement : pas de petit mot sur la table pour me dire où il était allé, juste Oreste qui gambadait dans la cuisine, et des crottes un peu partout. J'avais oublié de le remettre dans sa cage, avant de me coucher. J'ai fait du café et j'ai ramassé les crottes d'Oreste, parce que ça puait et qu'il fallait bien que je m'occupe en attendant qu'Almée arrive. Elle ne serait sûrement pas là avant la fin de la journée, alors une fois les crottes d'Oreste ramassées, j'ai décidé de faire le ménage du reste de l'appartement.

En arrivant dans le salon, j'ai remarqué tout de suite qu'il y avait quelque chose de différent, mais sans vraiment comprendre quoi, exactement. C'est le nez à dix centimètres du mur, en train d'enlever une toile d'araignée dans un coin, que j'ai trouvé : Laurent avait posé des nouvelles affiches. Il les avait sûrement ramassées en travaillant et avait décidé d'en profiter pour rendre l'appartement plus beau. Les bras toujours tendus vers ma toile d'araignée, j'ai commencé à lire ce qui était écrit sur l'affiche juste devant moi, en ne me doutant de rien. D'habitude, je ne lis pas les affiches parce que ça ne me dit jamais rien, je ne connais rien au cinéma et à la musique que les gens aiment. Mais cette fois-ci, bizarrement, il y avait des noms qui résonnaient dans ma tête. J'ai reculé un peu pour avoir une vue d'ensemble : c'était une affiche pour un spectacle de danse. Je ne connaissais rien à la danse non plus, mais il y avait quand même des noms qui me disaient quelque chose. C'était peut-être des amis de Venise? Peut-être qu'ils avaient déjà dansé au cabaret? J'ai froncé les sourcils en réfléchissant.

Et puis ça m'est revenu d'un coup, comme un train qui me passait dessus. Les parents d'Almée. Ce nom sur l'affiche, c'était celui de la compagnie de danse des parents d'Almée. Pour être bien certaine, j'ai regardé les petits caractères en bas de l'affiche, et j'ai vu leurs noms au milieu de ceux des autres danseurs. Ils allaient faire un spectacle dans la ville portuaire. J'ai regardé les dates : le premier spectacle était dans deux semaines. Ils seraient ici pour trois semaines ensuite. Tout mon corps s'est figé pendant un instant, et mon cerveau a arrêté de fonctionner.

Je ne pouvais pas laisser Almée découvrir ça. Une affaire pour qu'elle essaie de les revoir et qu'on se retrouve coincées, obligées de retourner vivre chez nos parents, chacune de notre côté, et d'expliquer pourquoi on était parties, pourquoi on s'était cachées dans notre champ si longtemps, pourquoi on n'avait jamais essayé de les retrouver. Et il faudrait sûrement se débarrasser d'Oreste, et nos parents nous mettraient peut-être en punition et nous empêcheraient de nous revoir. Je voyais ça d'ici.

Je ne pouvais pas laisser faire ça. Et je ne pouvais pas non plus dire à Almée que ses parents étaient en ville : cette fois, je ne réussirais sûrement pas à la convaincre qu'il ne fallait pas les retrouver. Il fallait que je fasse quelque chose. J'ai pris une grande respiration, j'ai arraché l'affiche du mur et je suis partie en courant. Mon cerveau s'était mis à fonctionner tellement vite qu'il commençait à sentir le brûlé.

J'ai couru de chez nous jusqu'au cabaret, le trajet qu'Almée faisait le plus souvent, et j'ai arraché toutes les affiches du spectacle que j'ai vues. Il y en avait pas mal, sur les palissades des chantiers, et sur des murs que j'avais jamais remarqués avant. Arrivée au Chat Rouge, j'ai inspecté les toilettes, même celle des hommes (on ne sait jamais) : j'en ai enlevé une, la seule, dans la toilette des dames, troisième porte. Tout allait bien. J'ai repris mon souffle, puis mon cerveau est reparti en fou. Il fallait aussi que j'enlève les affiches entre le cabaret et la maison de Venise, où Almée était toujours rendue, mais je n'avais aucune idée de l'endroit où habitait Venise : je ne m'intéressais pas aux pieuvres, moi. J'ai passé proche de paniquer complètement, mais heureusement Pascale était là, derrière son bar. J'allais pouvoir lui demander l'adresse. Je me suis approchée, et elle s'est tournée dans ma direction; elle m'a reconnue du fond du bar et m'a fait un petit signe. Ça m'a un peu calmée de la voir, avec sa sérénité.

– Qu'est-ce que tu fais là? Tu travailles aujourd'hui?
– Non... En fait, j'aurais besoin de ton aide...

Et j'ai essayé de lui expliquer, sans lui dire la vérité parce que c'était trop compliqué, que j'avais besoin de l'adresse de Venise. Elle a eu l'air de trouver ça louche et n'a pas voulu me la donner. Bon. J'avais beau être une championne menteuse, je n'arrivais pas à imaginer une histoire qui pourrait la convaincre. Et puis je pense que je commençais à trouver la vérité lourde à porter, et comme je ne pouvais pas la raconter à Almée, je me suis dit que Pascale, ça ferait sûrement pareil. Alors je lui ai raconté toute notre histoire, à Almée et à moi, à partir du début.

Le début remontait au moment où on avait appris que notre village serait transformé en aéroport. J'aurais pu remonter plus loin, au moment de notre naissance, mais j'avais pas toute la journée, déjà qu'il a fallu que j'explique à Pascale du mieux que je pouvais où était notre village, parce qu'elle ne savait même pas qu'il existait. Il a aussi fallu que je lui parle de ma sœur, parce que, mine de rien, elle jouait un rôle important dans notre histoire. Même si personne, pas même Almée, savait vraiment à quel point.

Donc, lorsqu'on a appris que le village serait évacué à cause de l'aéroport, Ophélie n'a rien voulu savoir. Elle n'a plus voulu parler à personne pendant plusieurs jours, même pas à moi. J'ai tout essayé, puis je suis allée la réveiller une nuit dans son lit, dans la chambre qu'on partageait, en lui disant qu'il fallait qu'on trouve une solution pour empêcher le village d'être fermé. On en a parlé une partie de la nuit, on a dormi là-dessus pour les heures qui restaient, et au matin on a eu une idée géniale, une idée qui allait obliger tout le monde à rester : on allait s'enfuir et, une fois qu'on serait disparues, nos parents lanceraient des recherches et ils seraient bien obligés de rester au village, au cas où on reviendrait. Je lui ai demandé si elle était *game*. Elle a dit oui. Alors, le lendemain, une fois nos parents endormis, on a paqueté nos petits et on est parties jusqu'à la grand-route, celle qui descendait vers le précipice, pour faire du pouce jusqu'au village voisin, ou plus loin. Quand le premier camion est passé, des heures plus tard, je n'ai pas voulu embarquer. Le conducteur avait l'air louche, l'air d'un gars qui a passé trop d'heures éveillé et sur qui le café n'a plus aucun effet. Ophélie m'a traitée de poule mouillée, elle m'a regardée avec un air de défi et elle est montée toute seule dans le camion en me tirant la langue. Juste comme le conducteur redémarrait, je lui ai crié que, de toute façon, j'espérais que le camion aurait un accident, juste pour prouver que j'avais raison. Quand le camion a raté la courbe, j'ai couru jusque chez nous, j'ai caché mon sac sous mon lit et j'ai remis mon pyjama, puis j'ai réveillé mes parents. Je ne pouvais pas leur raconter notre plan, et encore moins notre dispute : je serais punie, c'était sûr. Alors je leur ai dit qu'il y avait eu un accident, qu'Ophélie avait voulu s'enfuir par la grand-route, que j'avais voulu l'en empêcher, mais qu'elle ne m'avait pas écoutée. Ils m'ont crue.

Tout le monde nous a apporté des fleurs, des iris, des œillets, des marguerites, des roses, mais personne n'a parlé de rester au village : l'aéroport était toujours là comme une menace. Alors un soir, je suis allée chercher Almée et je lui ai dit que j'avais eu une idée géniale : on allait se sauver, nos parents allaient lancer des recherches et ils seraient bien obligés de rester au village pour nous attendre, au cas où on reviendrait. Almée a trouvé ça brillant, surtout que j'ai proposé qu'on se cache dans le champ de maïs au lieu de faire du pouce, à cause de ce qui était arrivé à Ophélie. Le lendemain, on est parties pendant la nuit, et on s'est cachées, jusqu'à ce qu'il se mette à pleuvoir. Au village, personne ne nous a attendues.

Je n'avais jamais raconté à Almée ce qui s'était vraiment passé, avec Ophélie. Je ne pouvais pas la laisser découvrir que c'était ma faute si Ophélie était morte. Je ne disais pas tout à Almée; parfois, j'avais peur qu'elle ne comprenne pas.

Et Pascale, visiblement, ne comprenait pas non plus. Elle me regardait sans dire un mot, les yeux ronds. J'ai commencé à regretter de lui avoir raconté ça, mais je n'avais pas fini mon explication, il fallait que je me rende jusqu'au bout. J'ai terminé mon histoire, en résumant notre arrivée en ville jusqu'aux affiches des parents d'Almée qu'il fallait absolument que j'arrache, devant les yeux de Pascale qui ne faisaient que s'agrandir toujours davantage. Et quand j'ai complètement arrêté de parler, elle a fini par ouvrir la bouche.

– Chloé, tu ne peux pas faire ça.
– Comment, je peux pas faire ça? Tu ne com-

prends pas à quel point ce serait dramatique si elle savait que ses parents sont en ville ?
– Dramatique pour qui ? Pour toi ?

J'ai figé. Pascale ne comprenait vraiment pas. Évidemment, ce serait dramatique pour moi : si je revoyais mes parents, je ne pourrais plus jamais leur cacher ce qui s'était vraiment passé, je le savais. Et ils m'en voudraient pour toujours pour la mort de ma sœur. Mais elle ne voyait pas que ce serait aussi dramatique pour Almée, qui accepterait sûrement de repartir vivre avec ses parents, parce qu'elle était comme ça, Almée, docile avec ses parents, alors qu'elle était beaucoup plus heureuse sans eux. Maintenant qu'Ophélie n'était plus là, c'était elle, ma sœur, et je n'allais pas la laisser faire des bêtises. Il fallait que je la protège.

– Ses parents n'ont jamais été là pour elle. Elle est mieux sans eux, avec moi.
– Ce n'est pas une raison pour lui mentir et l'empêcher de les revoir ! Tout ce que tu veux, c'est te protéger ! Si tu ne veux pas que tes parents te retrouvent, c'est ton affaire, mais laisse Almée prendre ses propres décisions.

Là-dessus, Pascale s'est retournée d'un bloc et elle est repartie de l'autre côté du bar. Je suis restée là à la regarder servir un client sans trop comprendre ce qui s'était passé. Les gens de la ville avaient une drôle de morale, que j'étais pas sûre de bien saisir. Mais le temps pressait, Almée allait revenir en ville bientôt et je ne pouvais pas attendre plus longtemps. J'ai vérifié que Pascale était bien occupée avec le client et je suis faufilée dans le *backstore*, là où il y avait le bureau de Venise. J'ai fouillé rapidement dans les papiers qui traînaient et je n'ai pas eu besoin de regarder longtemps pour tomber sur une envelopppe adressée à son nom, à une adresse qui n'était pas celle du cabaret. Bingo! J'ai ramassé l'enveloppe et je suis ressortie du *backstore* en essayant d'avoir l'air de rien. Je suis repassée devant Pascale, qui avait sorti un torchon et s'était mise à nettoyer le bar, qui n'était même pas sale, en regardant ailleurs. Je n'avais pas le temps d'arranger les choses avec elle. Et puis, de toute façon, on serait bientôt loin d'ici, si tout allait bien, alors ça ne valait pas la peine. Je lui ai fait un petit signe désolé, puis j'ai filé.

Entre le cabaret et chez Venise, j'ai enlevé toutes les affiches que j'ai pu trouver, au pas de course, puis je suis rentrée à la maison, essoufflée mais satisfaite. Mission accomplie! Évidemment, il restait toujours les chemins qui menaient aux endroits où Almée allait avec la famille, et que je ne connaissais pas, mais le plus important était réglé. En montant l'escalier qui menait à l'appartement, j'ai eu une nouvelle illumination : dans toutes les pièces traînaient des journaux et des revues achetés par Laurent, avec des publicités à l'intérieur. Je suis rentrée et j'ai commencé à les ramasser sous le regard de mon coloc, qui était rentré. Il n'avait pas dû comprendre pourquoi j'avais arraché la nouvelle affiche qui était dans le salon, et il a froncé les sourcils et m'a regardée parcourir l'appartement avec ma pile de périodiques. Tant pis, je n'allais pas raconter ma vie à un ex-poissonnier qui n'y comprendrait rien, lui non plus.

J'ai apporté tout ce que j'avais récolté dans ma chambre et j'ai commencé à éplucher mes trouvailles. Dans les revues, rien : elles ne devaient pas être assez récentes. Dans les journaux, j'ai trouvé une miniature de l'affiche et une version pleine page. J'ai découpé les pages et je les déchirées en petits morceaux que j'ai enfouis dans la poubelle. Puis, je suis sortie de ma chambre, j'ai éparpillé tout ce que j'avais ramassé aux quatre coins de l'appartement, pour que ça n'ait l'air de rien, et je suis allée soulever un couvercle dans la cuisine avec un air innocent.

– Hum, ça sent bon! Je peux goûter?

Laurent est venu se planter à côté de moi avec des yeux pas contents.

– Chloé, qu'est-ce ce qui se passe?
– Qu'est-ce que tu veux dire?

Il m'a fait l'air de celui qui en a vu d'autres. Je lui ai répondu que c'était pas de ses affaires. Il a eu l'air vexé, mais il n'a pas insisté. J'ai filé dans ma chambre et, Oreste sur les genoux, j'ai réfléchi.

C'était pas tout d'avoir enlevé les affiches entre chez nous et le cabaret. Il y en aurait toujours d'autres, ailleurs, que je ne pourrais pas arracher et qu'Almée pourrait voir. Il y avait encore la radio, la télé, les gens qui pouvaient parler du spectacle. Elle pouvait même tomber sur ses parents en chair et en os en se promenant en ville ou en mangeant au restaurant. Je ne pouvais pas prendre ce risque-là. Ça me donnait une raison de plus de trouver un moyen de la faire quitter la ville au plus vite : plus question de partir sans elle. Restait plus qu'à trouver une façon de la convaincre.

VII

Où Laurent fait des crêpes, où Vatanen
arrive au port et où Almée refuse de signer

Almée n'était toujours pas rentrée et Laurent avait l'air impatient. Oreste n'avait pas l'air plus énergique que d'habitude, et moi, j'étais aussi impatiente que Laurent, mais sûrement pas pour les mêmes raisons. L'attente a eu l'air de durer des jours, mais elle a fini par arriver, bien après le souper, épuisée par ses premiers spectacles en dehors de la ville, mais folle comme un balai de pouvoir nous les raconter. Et Venise l'accompagnait, les tentacules bien enroulées autour de sa protégée. J'avais espéré que Pascale aurait raison et que Venise se soit déjà tannée d'Almée, mais ça ne semblait pas près d'arriver. Aussitôt entrée, Almée s'est lancée dans le récit de son aventure extraordinaire Les gens des villes où elle était allée l'avaient adorée, elle avait même été invitée à y retourner et allait sûrement faire plein de spectacles dans plein d'autres endroits.

J'ai essayé de poser des questions, de m'intéresser à ses exploits : après tout, c'était pas tous les jours que ma petite Almée faisait des spectacles dans d'autres villes et visitait des endroits nouveaux. J'étais même un peu jalouse; moi aussi j'aurais aimé ça, visiter les loges des salles de concert, voir des champs que je n'avais jamais vus, dormir dans des hôtels et manger dans des restaurants chics avec des gens importants. Mais j'avais beau essayer de lui parler, elle racontait sans nous laisser placer un mot, à part peut-être «Wow!» et «Génial!». Elle avait même l'air d'éviter mon regard, peut-être parce qu'elle se doutait que je l'enviais, même si je faisais tout pour que ça ne paraisse pas.

Quand même, pendant qu'on mangeait les crêpes que Laurent s'était mis à préparer même s'il était presque minuit, le récit d'Almée a commencé à s'essouffler, et tout ça a commencé à m'agacer un peu. Je l'ai laissée raconter son déjeuner-concert dans un café, avec les gens qui mangeaient des brioches en l'écoutant chanter, en hochant la tête à tout ce qu'elle disait, mais j'étais pas très convaincue. Normalement, ça m'aurait impressionnée de savoir qu'on pouvait déjeuner en écoutant une chanteuse, mais je commençais à avoir hâte qu'elle ait fini, qu'on puisse se parler tranquillement. Ça n'arrivait pas : Venise la relançait sans arrêt sur une nouvelle histoire, jusqu'à ce qu'elle se mette à se répéter.

– Et là, le technicien s'est trompé de bouton, et tout est devenu noir!

J'ai soupiré.

– Tu l'as déjà racontée, celle-là.

Elle m'a regardée avec des points d'interrogation dans les yeux, et elle a échangé un regard avec Venise. J'ai fini mon assiette en silence, alors qu'Almée patinait un peu, moins enthousiaste tout d'un coup, puis, comme je voyais bien que la soirée ne me mènerait nulle part, je les ai laissés ramasser la cuisine et je suis partie me coucher. Personne n'a essayé de me retenir.

*

Je me suis réveillée le lendemain bien avant Laurent et Almée qui dormaient dur comme des roches, et avec l'envie de me lever et de bouger un peu. Alors, j'ai décidé de me rendre jusqu'au port. Il y avait un nouveau bateau près de chez Peter's, amarré au quai de service. Le bateau avait l'air vieux, usé. Il était en bois, comme dans le temps des pirates, et les voiles étaient couvertes par une toile délavée, qui gardait encore un peu de son rouge d'origine. Autour des deux mâts, plein de cordages étaient tendus au peu partout, et le vent sifflait dedans. Il était beau, avec son allure d'anachronisme. En le regardant, je me suis rappelé l'idée que j'avais eu pendant mon aventure en solitaire : pour quitter la ville, on pourrait toujours s'embarquer sur un bateau! C'était au moins aussi excitant qu'une tournée de chanson, sinon plus. Et c'était pas le choix qui manquait, avec le port qui était plein. En plus, ça nous permettrait de faire ce qu'on était censée faire depuis le début : aller à la mer. J'ai décidé d'entrer chez Peter's pour demander au serveur qui était le petit nouveau et si par hasard il avait besoin de matelots, juste au cas où. On ne connaissait rien là-dedans, Almée et moi, mais c'était pas grave, on apprenait vite.

En mettant les pieds dans le café, j'ai eu la réponse à ma première question : dans un coin, il y avait un garçon sur la pointe des pieds, en train de poser un drapeau au plafond avec des clous. Le drapeau portait les mêmes couleurs que le bateau du quai de service. Je me suis assise près de la fenêtre et j'ai commandé un café et un croissant aux amandes en gardant un œil sur le capitaine. Il avait l'air jeune, il était bronzé et pas rasé, la tête de quelqu'un qui a passé beaucoup de temps loin du monde, et il bavardait avec une serveuse qui avait l'air de bien le connaître. Il racontait qu'il était de passage en ville et qu'il repartirait bientôt pour l'île. Il ne disait pas laquelle, mais la serveuse avait l'air de comprendre. Je me suis dit qu'il venait peut-être de la même île que Laurent, et, justement, au même moment, il a dit qu'il voulait voir son ami Laurent, son ami d'enfance, avant de repartir. C'était trop de coïncidences : il fallait que je saute sur l'occasion. Je me suis interposée.

– Ton ami Laurent, il fait quoi dans la vie ?

Il a eu l'air un peu surpris que je me jette comme ça dans sa conversation, alors je me suis présentée, pour montrer que je sais être polie, et j'ai appris du même coup que le capitaine s'appelait Loïc. Si je me souvenais bien, c'était le nom de l'ami d'enfance de Laurent. Et quand Loïc m'a répondu que son ami était poseur d'affiches, j'ai ri : il ne pouvait pas y en avoir deux, quand même.

– Eh bien, ton ami Laurent, ça tombe bien, j'habite avec lui. Je t'emmène à son appartement, si tu veux.

Loïc a ouvert de grands yeux contents et m'a souri. Marché conclu. Une fois son drapeau bien fixé, il s'est commandé un café et il est venu s'asseoir avec moi, et on a discuté.

Entre deux gorgées de café, j'ai appris qu'il habitait depuis quelques années de l'autre côté de l'océan, dans un petit village côtier où les gens faisaient du surf et pêchaient l'espadon. Là-bas, il avait acheté son bateau, Vatanen, et il avait traversé l'océan avec lui pour revenir voir ses amis et sa famille. Laurent et lui avaient grandi ensemble. On s'est mis en route vers l'appartement et, en chemin, je lui ai parlé d'Almée, d'Oreste, de notre village et de notre voyage jusqu'ici en vélo. Ça a eu l'air de l'impressionner. En montant les marches qui menaient à l'appartement, j'ai pensé que ça tombait plus que bien que Loïc soit un ami de Laurent : ça nous donnerait peut-être une chance de s'embarquer avec lui.

Quand on est entrés, Laurent était justement dans la cuisine en train de lire les journaux.

– Surprise!

Il a levé la tête. Tout fous, tout contents, les deux amis se sont jetés dans les bras l'un de l'autre. J'en ai profité pour subtiliser le cahier des arts et le cacher dans mes affaires, au cas où il y aurait une publicité du spectacle des parents d'Almée. J'ai laissé les garçons se raconter leur vie en paix dans la cuisine et je suis entrée dans la toilette, où Almée prenait une douche, pour la mettre au courant. J'étais tellement excitée par mon plan secret que j'avais déjà oublié qu'elle avait passé la soirée de la veille à m'ignorer. Elle aussi, on aurait dit, parce qu'elle a eu l'air bien curieuse de rencontrer le nouveau visiteur et m'a envoyée faire diversion pendant qu'elle traverserait l'appartement enroulée dans sa serviette. Je lui ai fait un clin d'œil et je suis allée divertir les garçons dans la cuisine pendant qu'elle se faufilait. Ils ont parlé de sortir le soir même et, comme Almée et moi, on travaillait, je leur ai proposé de sortir au Chat rouge.

Loïc a accepté avec enthousiasme et Laurent, comme chaque fois qu'il avait une bonne nouvelle à célébrer, s'est mis à cuisiner un festin.

Almée s'était toute pomponnée, toute bien habillée dans sa belle robe. Ce soir-là, elle chantait. En chemin vers le bar, on a laissé les gars discuter et on en a profité pour observer Loïc, devant nous. En chuchotant, Almée m'a demandé de lui raconter tout ce que je savais sur lui. Je lui ai décrit son bateau, son arrivée au port. Je n'ai pas dit que je l'avais rencontré chez Peter's : Almée aurait voulu voir où c'était et ça n'aurait plus été mon petit coin à moi, mon café secret. Je lui ai dit qu'il allait demander l'aide de Laurent pour peindre son bout de quai et elle a eu l'air très intéressée. J'ai trouvé que ça n'augurait que du bon pour la suite des choses.

Quand on est arrivés au cabaret, Laurent a fait des grands signes à Venise, qui était derrière le bar. Elle a terminé de servir sa bière et elle nous a sorti son grand sourire, son sourire qui fait qu'elle a l'air de briller dans le noir.

– De la grande visite!

Elle a serré Laurent dans ses bras, longtemps, un peu trop. Puis elle s'est tournée vers Loïc.

– Est-ce qu'on se connaît?

Laurent a fait les présentations. Toujours avec son sourire scintillant, Venise a embras-

sé Loïc de deux gros becs bruyants et elle a in-
diqué une table près du bar, au fond. Elle a
pris leur commande et elle a filé vers le bar
en nous jetant un coup d'œil de patronne, les
sourcils froncés. Quand elle a eu le dos tourné,
je lui ai tiré la langue.

– Je pensais que vous vous installeriez plus
près de la scène...

Almée s'inquiétait de voir son public si loin.
Je la comprenais : valait mieux que ce soit Loïc
et Laurent au premier rang plutôt que deux
ou trois porcs qui essaieraient de lui pincer les
fesses entre deux chansons. Les gars n'ont pas
eu le temps de répondre que Venise revenait
déjà avec leurs verres. Quand Loïc a sorti son
portefeuille, elle a mis sa main sur la sienne :

– Range ça, c'est ma tournée! C'est pas tous
les jours que Laurent m'amène ses amis d'enfance...

Elle lui a souri, puis elle a changé d'air et
nous a regardées.

– Dites donc, les deux Grâces, qu'est-ce que
vous attendez?

J'ai senti Almée se crisper à côté de moi,
mais elle n'a rien dit. J'ai souhaité une bonne
soirée aux garçons et je leur ai promis de passer les revoir. Comme je partais chercher mon
tablier, Venise m'a sifflée :

– Dérange-toi pas, Chloé, je vais m'occuper de cette table-là pour ce soir.

*

Almée a chanté pendant une quarantaine de minutes, comme d'habitude, mais on aurait dit qu'elle avait hâte d'en avoir fini. Quand sa dernière chanson a été terminée, elle a disparu derrière le rideau avant même que les applaudissements s'arrêtent; c'est pourtant pas son genre, elle qui prend ça tellement au sérieux. Je serais bien allée lui demander ce qui se passait, mais le cabaret était plein et Venise m'aurait crucifiée si j'avais pris une pause en plein rush, comme ça, alors j'ai continué à courir d'une table à l'autre sans renverser une seule goutte d'alcool. Ne rien renverser, c'était ma spécialité; j'aurais pu transporter les verres pleins sur ma tête qu'ils seraient restés pleins. De loin, j'ai vu Almée s'asseoir avec les gars. Elle et Loïc se regardaient de côté, furtivement, en écoutant Laurent, qui avait l'air de rien remarquer. Puis, Venise est venue chercher Almée pour la traîner dans le *backstore*, et je ne l'ai plus revue.

À l'heure d'aller manger mon bol de riz, comme Venise ne tournait plus autour de la table des gars depuis un moment, j'en ai profité pour aller leur dire bonjour. Ils enlignaient les verres les uns après les autres en se racontant leur vie des dernières années, ils étaient heureux, tout était sous contrôle.

Toujours pas de trace d'Almée, mais j'ai décidé de ne pas trop m'en faire avec ça. Elle avait des humeurs, parfois, et puis ma pause n'était pas assez longue pour me permettre d'organiser une battue.

Elle n'est pas réapparue de la soirée, jusqu'au *last call* où elle a fini par montrer le bout de son nez. Laurent et Loïc sont restés jusqu'à la fermeture, et même après, le temps qu'on nettoie, les lumières toutes allumées, et qu'ils finissent leurs verres de gin à petites gorgées. Ils avaient demandé du tonic, mais Venise n'avait pas voulu leur en donner : «le gin-tonic, c'est pour les filles», qu'elle avait dit.

Quand ils en sont finalement venus à bout, il était tard, et ils étaient assez éméchés, alors on est rentrés chacun de notre côté, Loïc sur Vatanen et nous trois à l'appartement. Comme j'allais monter derrière Laurent, Almée m'a retenue. Elle avait sa mine un peu penaude, un peu torturée, celle qu'elle avait quand on était petites.

– J'ai pas envie de me coucher... On marche?

Je sentais qu'il y avait quelque chose, mais elle ne disait rien. Elle est comme ça, discrète. Elle ne dira pas ce qui la turlupine à moins qu'on le lui demande. Et même, parfois, il faut lui tordre un bras. On a marché en silence. L'air sentait la fumée et une espèce de brouillard volait autour de nous. La base des arbres et des lampadaires était inondée de brume.

Au bout d'un ou deux coins de rue à marcher à travers le smog, Almée a enfin ouvert la bouche, comme à regret.

– Je me suis chicanée avec Venise...
– À propos de quoi?
– Elle voulait que je reparte en tournée.

C'était presque trop beau pour être vrai, alors j'ai pas osé me réjouir. Il y avait sûrement un piège.

– C'est pas ce que tu veux faire?
– Oui... Mais pas comme ça. Elle a voulu me faire signer un contrat avec l'agent d'artistes.

Je ne comprenais pas. Je pensais que ces gens-là vous faisaient toujours signer des tonnes de papiers dès le début, comme les gens qui avaient fait signer des papiers à mes parents pour l'aéroport. Mais apparemment non, pas celui-là. Il avait voulu la prendre à l'essai, qu'elle me disait. Et comme elle avait bien fait ça, il voulait la garder, mais, pour ça, ça prenait un contrat. Je ne voyais toujours pas le problème.

– J'étais pas d'accord avec les conditions, j'ai pas voulu signer. C'était pour beaucoup d'années, et il voulait beaucoup d'argent pour lui et pour le cabaret... Et là Venise s'est énervée, elle m'a dit qu'il était pas question de négocier.

Je suis restée muette. Je savais que Venise était vilaine, mais de là à essayer d'escroquer mon Almée... Une sale pieuvre, vraiment.

– Alors finalement je n'ai rien signé du tout, et Venise est fâchée contre moi. Je pense que ma carrière est finie...
– Almée... Tu vas encore pouvoir chanter. Et puis, si tu veux mon avis, bon débarras! On n'avait pas besoin d'elle.

Almée a soupiré et elle s'est assise sur le bord du trottoir. Je l'ai rejointe.

– J'ai l'impression que tout le monde est aussi pourri qu'elle ici.
– Si tu veux, on peut partir, trouver quelqu'un d'autre, ailleurs, qui voudra t'engager, et qui te traitera comme tu le mérites.

Elle m'a regardée, les yeux mouillés sous son maquillage.

– Tu penses?
– J'en suis sûre.

Elle a souri à travers ses larmes et m'a serrée dans ses bras. Et d'un coup, mes yeux se sont mouillés aussi : j'avais retrouvé ma petite Almée.

VIII

*Où Loïc oublie de manger, où Almée dit
non, et où le hasard décide d'aller ailleurs*

Sans faire ni une ni deux, on est allées trouver Venise et on a démissionné. On avait besoin
de vacances, des vacances de Venise, surtout. Et
plus encore, on voulait lui montrer qu'elle ne
pouvait pas faire ce qu'elle voulait avec nous.
Elle nous a regardées de haut, en haussant les
sourcils comme si on était ridicules, et elle a
haussé les épaules. En quittant le Chat Rouge,
on a éclaté de rire dans la rue, très fort pour
que Venise sache qu'on était contentes. Et on
est parties ensemble, comme avant.

Maintenant qu'on ne travaillait plus au cabaret, ça me facilitait la tâche pour empêcher
Almée de tomber sur la fameuse affiche, et
ça nous permettait de nous retrouver, maintenant que Venise n'était plus entre nous
deux. Ses tentacules déroulées avaient laissé
ressurgir une Almée frêle, un peu désorien-
tée, un peu fragile. J'en prenais soin de mon
mieux, avec Oreste pour la zoothérapie, et il
ne nous restait plus qu'à choisir où et quand
on allait repartir, dès qu'elle serait prête. Tout
était au mieux, et on avait l'appartement
presque pour nous toutes seules : Laurent
travaillait tout le temps, il s'était trouvé une
job de cuisinier au resto-bar d'un gars qu'il

avait vaguement connu, et il avait lâché le posage d'affiches pour cuisiner des sandwichs au lapin à temps plein. Il n'y avait que pour Oreste que ça ne tournait pas rond : il perdait des grandes plaques de poils depuis quelques jours. Décidément, la ville, ça lui faisait pas. Avec Almée, on l'avait emmené dans un parc brouter un peu d'herbe, mais les chiens lui avaient fait tellement peur qu'il s'était mis à claquer des dents. Alors on l'avait ramené à la maison, puis on s'était trouvées un peu désœuvrées par autant de temps libre, comme pendant les vacances d'été au village, où on ne trouvait rien de mieux à faire qu'errer autour des glissades d'eau – sauf qu'il n'y avait pas de glissades d'eau dans la ville portuaire.

Il n'y avait pas de glissades d'eau, mais il y avait bien mieux : la mer. Almée s'en était souvenue un matin, tout d'un coup, en déjeunant, ce qui tombait plutôt bien parce que je cherchais une façon de le lui rappeler. Alors on a ramassé nos affaires et on est allées visiter Loïc au port : on avait promis qu'on viendrait voir son voilier. On était tout excitées de visiter un vrai bateau à voiles. Almée sautillait même sur le chemin de la mer; ça m'a fait plaisir de la voir comme ça.

Quand on est arrivées sur Vatanen, on a trouvé Loïc complètement assommé, endormi du sommeil de celui qui n'a pas dormi depuis des jours. Comme si toute la fatigue de son voyage lui était tombée dessus d'un seul coup.

Il était tellement fatigué qu'il ne savait plus quoi faire, il avait oublié de manger et il allait sûrement se laisser dépérir si on ne faisait rien. Je lui ai fait griller du pain et Almée lui a fait un café pendant qu'il se sortait de son lit de peine et de misère. Il était brûlant de fièvre. Du bout des lèvres, il a mangé, il a bu, et il nous a expliqué : la prochaine étape de son voyage, c'était de traverser à voile jusqu'à l'île d'où il vient, pour revoir ses parents. Il commençait à se rendre compte qu'il était tombé malade et il se demandait s'il allait repartir tout de suite. Ça le décevait, ça se voyait, et c'était à se demander s'il n'allait pas essayer de partir malgré tout, quitte à aller se tuer en mer.

– On va rester avec toi jusqu'à ce que tu ailles mieux.

En entendant ça, j'ai fait un drôle d'air à Almée : je voulais bien qu'on s'attache à lui et qu'on l'empêche de se laisser mourir, mais j'étais pas particulièrement enchantée par l'idée qu'on allait peut-être rester prises au port pendant des semaines parce que Loïc, tout pirate soit-il, pouvait pas reprendre le large. Elle m'a répondu avec un air de c'est-pas-le-temps-de-discuter-laisse-moi-faire. J'ai pas trop compris, mais je l'ai laissée faire. Je ne savais pas trop où me mettre moi-même et, à voir comme Almée prenait bien soin de Loïc, je suis discrètement descendue du voilier et je les ai laissés seuls. Ça ne pouvait que leur faire du bien à tous les deux. Ils avaient le même regard, Almée et Loïc.

En sortant du bateau, j'ai décidé d'aller retrouver Laurent pour le mettre au courant, en espérant qu'il pourrait aider Loïc à guérir plus vite. Et puis, il fallait le prévenir qu'on allait sûrement repartir bientôt. On voulait être des bonnes colocs jusqu'au bout, et ça voulait dire qu'on allait pas le laisser tomber du jour au lendemain sans explication.

Quand je suis arrivée à l'appartement, il dormait. Je lui ai apporté un verre de jus pour le mettre dans des bonnes dispositions. Ma mère faisait toujours ça quand elle avait quelque chose à nous demander ou quand elle voulait qu'on se dépêche à se lever. Quand je suis entrée dans sa chambre, il a émergé des couvertures en clignant des yeux et il a tendu la main en grognant vers le jus d'orange. J'ai attendu qu'il ait vidé le verre, puis j'ai commencé.

– Je pense que Loïc va avoir besoin de toi.
– Je sais, je vais le rejoindre tantôt pour peindre son bout de quai...
– Non, c'est pas ça.

Je lui ai expliqué ce qui s'était passé, ça a achevé de le réveiller. Il a voulu se lever, y aller tout de suite; je l'ai arrêté.

– Ça va, il est avec Almée. Il faut que je te parle, de toute façon.

Il a fait un drôle d'air tout à coup, mais je n'ai pas réussi à savoir si c'était parce que Loïc était avec Almée ou parce qu'il fallait que je lui parle, alors j'ai continué.

– On a démissionné au cabaret.

Le drôle d'air s'est changé en surprise pendant que je lui racontais ce qui s'était passé avec Venise. Il n'avait pas l'air de croire que sa charmante amie était capable d'arnaquer les jeunes filles sans expérience. Nous non plus, on l'aurait pas cru, quand on l'a rencontrée pour la première fois, mais, visiblement, c'était possible. Mais je ne voulais pas lui laisser la chance d'essayer de la défendre, alors, mes explications terminées, j'ai enchaîné sur le fait qu'on allait repartir bientôt. Il a eu l'air déçu, et ça a été mon tour d'être surprise.

– On n'était pas ici pour longtemps, de toute façon, on te l'avait dit en arrivant.
– Oui, mais je pensais que, finalement...

Il avait vraiment l'air plus dépité que je l'aurais imaginé. Après tout, c'était pas comme si on n'avait pas mis les choses au clair dès le départ : on voulait pouvoir se revirer de bord et partir quand on voulait. Ça m'a fait un peu plaisir, quand même, de voir Laurent si troublé par notre départ. C'était pas notre faute si on était si attachantes. Après tout, c'était vrai qu'on était spéciales, et difficiles à oublier. J'ai quand même essayé de le rassurer en lui disant que c'était pas pour tout de suite, parce qu'Almée avait décidé de rester jusqu'à ce que Loïc soit prêt à repartir. J'ai même pas eu besoin de suggérer à Laurent d'aider s'occuper de Loïc : il a sauté sur ses pieds immédiatement.

– Je vais aller le voir, moi, tu vas voir qu'il va être comme neuf dans le temps de le dire.

J'ai haussé les sourcils, et je l'ai laissé faire. Je ne comprenais pas trop ce qui le prenait, mais tout allait comme prévu, alors j'allais certainement pas m'en mêler. Pendant qu'il prenait les choses en main, j'ai décidé d'aller régler les choses avec Pascale, pour partir l'esprit tranquille.

*

Elle avait eu l'air méfiante en me voyant débarquer, mais finalement, je m'étais répandue en explications et on avait fini par rire ensemble. J'avais même passé la nuit là, à regarder une collection de films en noir et blanc qui traînaient dans son appartement. Le lendemain matin, en sortant de chez Pascale, qui dormait toujours et à qui j'ai pris soin de laisser une note, j'ai eu besoin de visiter la ville une dernière fois. J'ai marché jusqu'à la mer en prenant le temps de regarder chaque édifice, le nez en l'air pour voir tous les détails.

C'était vraiment une belle ville, c'était dommage qu'à force d'y rester, on se mette à pourrir. C'était sûrement parce qu'il n'y avait pas assez d'air ni d'espace pour apercevoir l'horizon : même la mer était cachée par les édifices, la plupart du temps. C'était pas comme au village, où le regard n'était jamais arrêté en chemin.

Arrivée au port, au bout de la langue de pierre qui se fait lécher par les vagues, celle où on s'était retrouvées le premier soir dans la ville, Almée et moi, j'ai vu Laurent au loin, sur un des quais. Je n'ai rien dit, j'avais pas envie de crier, et il ne m'a pas remarquée. Il est monté sur Vatanen. Je me suis dit que c'était bien, qu'il continuait d'accomplir sa mission.

Dans l'eau autour de mes pieds, il y avait des poissons qui se promenaient en famille comme un cortège. Je les ai regardés faire. Quand les poissons ont complètement disparu, je me suis relevée et j'ai regardé la ville, toute compacte vue d'ici. On allait la quitter, mais pour aller où ? Il y avait toujours l'option de rentrer au village, mais je ne voyais pas comment on ferait pour y rester longtemps. Un avion allait bien finir par nous atterrir sur la tête un jour ou l'autre. Il fallait trouver un autre endroit où aller, et je me suis dit qu'il était temps de ressortir ma carte, alors je suis rentrée à l'appartement.

Ça ne faisait pas 10 minutes que j'étais rentrée que j'ai entendu la porte s'ouvrir.

– Chloé?

C'était Almée. J'ai levé la tête vers elle. Elle tremblait un peu et elle avait l'air assommée. Elle a attrapé ma main.

– Je suis venue chercher mes affaires.
– Pourquoi?
– Il faut qu'on parte d'ici.

J'étais contente qu'elle soit d'accord, mais je ne voyais pas ce qui lui avait fait changer d'idée.

– Je vais m'installer sur Vatanen.

J'ai haussé les sourcils. C'était pas vraiment ce que j'avais en tête quand je disais que je voulais partir, à moins que Vatanen soit prêt à reprendre le large...

– Sur Vatanen? Je pensais que tu voulais dire partir pour vrai.

Elle a serré ma main plus fort, avec le regard brouillé.

– Tu ferais mieux de faire pareil, Chloé.

J'ai froncé les sourcils. Almée a sorti nos sacs à dos, elle a commencé à remplir le sien comme un zombie, et elle m'a raconté. Tout à l'heure, Loïc était couché quand Laurent est arrivé. Il avait une bouteille de porto déjà entamée avec lui et il en a versé un verre à Almée, puis il a essayé de la convaincre d'aller voir Venise avec lui. Il lui a promis qu'il pouvait tout arranger, que c'était un malentendu, qu'elle valait mieux que ce qu'on croyait et qu'Almée devrait donner une deuxième chance au cabaret. Et surtout, il lui a dit qu'elle devrait arrêter de m'écouter, que c'était ma faute si sa carrière tombait à l'eau, qu'elle n'avait pas besoin de moi et que, si elle l'écoutait, lui, elle pourrait aller loin. Il a même commencé à parler chiffres, à lui faire miroiter un bel avenir comme protégée de Venise, et il lui a répété qu'il fallait qu'elle me laisse tomber. Je lui nuisais, qu'il disait! Elle n'en est pas revenue, elle a dit non, Laurent s'est fâché, il a boudé, il a repris son porto et il est parti comme il était venu. J'ai ouvert grand les yeux en entendant ça, et ça m'a fait comme un coup de sabre dans l'estomac.

– Almée, il faut qu'on parte pour vrai, pas juste sur Vatanen. On peut plus rester ici, les gens sont méchants. C'est toi-même qui l'a dit. Et puis, nous, c'est la mer qu'on était venues chercher. Pas la grande ville.
– J'ai promis à Loïc de rester...

Je sentais que ça faisait un peu son affaire, à Almée, la maladie de Loïc. Ça nous donnait une maudite bonne raison de rester près de lui, et même que ça aurait été plutôt cochon de s'en aller maintenant.

– Ok. On reste jusqu'à ce qu'il aille mieux. Pas plus.

Almée ne s'est pas obstinée. J'ai ramassé mon sac et j'ai commencé à le remplir, lentement. On a continué de paqueter nos affaires en silence. J'aurais voulu lui dire merci d'avoir dit non, d'être restée avec moi, mais je ne savais pas comment, alors j'ai fermé ma grande gueule et sans plus de cérémonie, on a emménagé sur Vatanen.

*

Ça faisait quelques jours qu'on était là déjà, et Loïc prenait du mieux. Même si on voulait bien être patientes, ça nous faisait plaisir, surtout à moi, parce qu'on commençait à avoir des fourmis dans les jambes. On n'avait pas encore décidé ce qu'on ferait, mais on avait attaché nos vélos au quai, toujours prêts pour un départ.

Almée était encore un peu maussade de toute l'histoire avec Venise et le cabaret, et l'humidité et les cafards n'arrangeaient rien. La nuit, on entendait leurs petites pattes qui gratouillaient le plancher, et au matin on en trouvait dans les toilettes. Oreste, dans le fond de sa cage, tremblait devant eux. Loïc disait que c'était à cause des boîtes de céréales qu'il avait ramenées de chez lui : ils avaient fait des œufs dedans. Il disait qu'il y en avait beaucoup, là-bas. Quand même, Almée avait l'air d'aimer la vie sur un bateau. Ensemble, on avait repris l'encyclopédie, tout enthousiasmées par les choses nouvelles qu'on découvrait sans arrêt. Chaque mot de Loïc devenait une entrée : voile, mât, écoutille, drisse, hublot, cale, gouvernail, safran...

Et puis un matin, en se levant, Loïc avait pris sa décision. Il avait retrouvé la forme, assez en tout cas pour supporter le voyage jusque chez ses parents. Mais juste au cas où, il allait se trouver des matelots pour l'accompagner, pour ne pas prendre de risque. On a trouvé que c'était pas mal brillant. Mais dès le déjeuner terminé, j'ai traîné Almée dans la cabine.

– Qu'est-ce qu'on fait?
– Comment ça, qu'est-ce qu'on fait?
– J'avais dit qu'on restait jusqu'à ce qu'il aille mieux, pas plus. Il va mieux, il va falloir qu'on parte.

Almée a fait la moue.

– J'ai pas envie de quitter le bateau.
– Moi non plus, mais on ne peut pas rester ici éternellement, à moins que Loïc veuille de nous.
– Mais si on ne reste pas avec lui, où est-ce que tu veux qu'on aille?

Nous aussi, on avait le choix entre rentrer chez nous ou aller ailleurs. J'en avais marre des choix faciles. On n'avait pas fait du vélo dans les montagnes avec un sac de douze tonnes pour faire des choix faciles. Il fallait décider, et au plus vite : Loïc partait le lendemain, et il était hors de question de rester plus longtemps en ville après son départ. On risquait de tomber sur Laurent ou, pire, sur les parents d'Almée. Ça, je ne l'ai pas dit à Almée, mais je lui ai rappelé notre décision de quitter la ville, et elle a admis qu'on n'avait vraiment pas le choix, que les gens ici étaient tous pourris.

Alors on a joué à roche-papier-ciseaux, sans les allumettes, et le hasard a décidé d'aller ailleurs. On ne voulait pas s'imposer, mais l'idée de rester sur Vatanen pour le grand départ nous plaisait pas mal. Loïc, à ce moment-là, a passé sa tête par la porte de la cabine, comme s'il avait eu des antennes.

– Dites donc, vous deux... Ça vous tente de jouer aux matelots pour le voyage jusqu'à l'île ?

On s'est consultées par télépathie : Almée avait les yeux tout brillants. J'ai dit oui pour nous deux. Bingo. On s'en allait sur une île !

IX

*Où Vatanen prend la mer, où Oreste se
dispute avec les cafards, où Loïc peint et où
Almée regarde dans le vague*

Avec Loïc, on a tout préparé pour le départ. La traversée sur Vatanen, c'était un peu
comme rentrer chez nous en autarcie : il fallait être complètement indépendants, parce
qu'on serait à mille milles de toute terre ha-
bitée; comme quoi tous les choix revenaient
au même. Avant de partir, on a fait le plein de
choses essentielles pour 20 jours. Ça devait en
prendre 15, mais on sait jamais. Almée et moi,
on n'était jamais montées sur un bateau qui
prend la mer. Oreste non plus, je pense. Pour
fêter ça, on a ouvert l'encyclopédie, et on a rajouté une section sur la mer, pour la remplir
au fur et à mesure.

Loïc a dû tout nous apprendre, pour qu'on
puisse bien l'aider. Ça lui a changé les idées
de ses histoires tristes. On a appris à faire des
nœuds spéciaux, à tirer sur les bonnes cordes
quand c'est le temps, à lire les cartes marines,
à grimper dans le mât pour voir plus loin et à
lancer un S.O.S. C'est tout juste s'il ne nous a
pas appris à aborder un bateau ennemi et à
tirer du canon. Quand il a décidé qu'on était
prêtes, on a attaché nos vélos sur le pont, et
Loïc a accroché une ligne à pêche derrière le

bateau, pour nous attraper de quoi manger. Et puis on est partis tous les trois sur Vatanen, comme en autarcie avec nos garde-manger pleins et des nouveaux livres. Mais cette fois-ci, c'était une autarcie planifiée, avec une limite et un but au bout. Comme au village, mais en plus structuré. Avec tout ce qu'on avait vécu jusqu'à aujourd'hui, un peu de structure ne pouvait pas faire de tort.

On a quitté le port un midi, après être allées dire au revoir à Laurent de façon officielle. Ça m'a fait un petit pincement dans l'estomac en pensant à ce qu'il avait raconté à Almée pour l'embobiner, et Almée elle-même n'était pas très à l'aise non plus, alors on n'a pas éternisé ça et on a fait les filles au-dessus de nos affaires. Il a eu l'air d'y croire.

*

Au moment du départ, je me suis retrouvée à la barre comme si j'avais fait ça toute ma vie pendant que le capitaine jouait dans les cartes marines et qu'Almée, assise toute en avant du bateau, se faisait aller le museau dans l'air rempli de sel et d'odeurs d'algues. Une fois sortis du port, après avoir zigzagué entre les quais, on a hissé les voiles au maximum et Vatanen s'est déployé comme un gros oiseau, bercé par les vagues qui nous heurtaient par le côté. Loïc est monté sur le pont, il a regardé autour, il m'a pointé un cap choisi selon le caprice du vent, qui nous mêlait les cheveux.

Une fois Vatanen enligné, on s'est regardés tous les trois, et on a crié un grand coup, pour marquer notre grand départ. On s'était même habillés en pirates, pour faire plus vrai. Almée criait en pointant du doigt les bateaux ennemis qui croisaient notre route, je les évitais du mieux que je pouvais et, chaque fois, on criait victoire. Mais, après quelques heures, les vagues ont grossi et Almée en a eu marre de recevoir de l'eau sur sa robe, alors elle est revenue à l'arrière, avec Loïc qui était de retour aux commandes. J'en ai profité pour grimper dans le mât et, installée à la hune, regarder l'horizon qui ne se rapprochait pas. On était partis, et pour de bon.

*

Au début, près des côtes, la mer était comme une berceuse, et le début de la nuit a eu l'air de rien. Mais quand Loïc nous a réveillées à 4 h pour prendre le relais, la première nuit, les vagues avaient enflé. Le poulet fumé qu'on avait mangé pour souper commençait à danser dans nos estomacs. On a voulu se jeter à l'eau pour que ça s'arrête, on n'osait pas regarder au loin pour voir les autres bateaux, on était terrées dans le ventre de Vatanen, terrorisées par la mer qu'il fallait regarder en pleine face, en pleine nuit. Puis, tranquillement, on s'est «amarinées», comme dit Loïc. Les vagues étaient redevenues des berceuses et on les regardait même dans les yeux. On était des championnes de l'océan.

Trois jours après notre départ, la routine était déjà bien établie. Almée et moi, on était toujours de quart en même temps. On alternait avec Loïc : chacun 4 heures. C'était moins épuisant pour lui, et puis, comme on était toutes les deux, ça le rassurait et ça faisait passer le temps plus vite. C'était facile, un quart. Plus qu'on pensait. On avait juste à tenir la barre comme du monde pour continuer d'aller vers l'île, et le tour était joué. Chacune notre tour, on commandait le bateau, pendant que l'autre faisait des expéditions hasardeuses sur le pont, entre les cordages. Ça brassait tout le temps, alors il fallait se tenir partout. Celle qui était sur le pont faisait un tour d'horizon pour voir arriver les orages et les autres bateaux, on vérifiait le vent, les voiles, la vitesse, les bruits bizarres. Et le reste du temps, on se taisait. On lisait un peu, on regardait autour et on mangeait. C'était fou ce qu'on mangeait. Surtout des fruits, mais aussi des biscuits, des biscottes, des olives, des sardines. Comme des porcs, je vous dis. Avant de partir, on s'était payé ces petits luxes-là sans aucun scrupule : c'était pas tous les jours qu'on se retrouvait pris en autarcie à se faire secouer comme un bouchon de liège dans un bain qui se vide. On méritait bien ça. Almée disait qu'on mangeait nos émotions. C'était n'importe quoi.

Il y avait encore des cafards, il y en avait même toute une colonie. C'était fou comme ça proliférait, ces bêtes-là. Loïc m'a dit que les cafards pouvaient retenir leur souffle sous l'eau pendant 45 minutes; c'était pour ça qu'on n'arrivait pas à les noyer. Ça écœurait Almée et Oreste, mais moi je m'habituais. C'était comme une seconde nature, ça faisait partie de la routine. Et puis j'avais l'impression que ça faisait de moi un vrai matelot, et ça me plaisait bien.

*

Dans une armoire, j'ai trouvé un vieux recueil de poésie orientale que je n'avais jamais lu. Au village, on ne lisait pas beaucoup d'auteurs orientaux. En fait, on ne lisait pas beaucoup d'auteurs tout court. J'ai commencé à apprendre les plus beaux par cœur pendant les quarts du matin. Ça ne servait à rien, sinon à pouvoir me répéter des poèmes exotiques n'importe quand dans ma tête, et à en déclamer du haut du mât, entre mes quarts. Ça faisait rire Loïc et Almée, et c'était tant mieux.

Loïc s'était mis à peindre avec de l'eau de mer. Des grands tableaux blancs sur des feuilles blanches, avec seulement le sel qui restait en relief, quand ça finissait par sécher. Il m'a dit qu'il avait lu ça dans un livre, un livre qui parlait de la mer. C'était pas si bête. Après tout, la mer, c'était de l'eau, alors forcément ça nettoyait de toutes les choses sales qu'on traînait avec soi. Mais seulement celles qu'on traînait dans notre tête, parce qu'en vrai ça salissait. L'eau salée, c'était chiant : ça séchait mal et ça restait collant. J'imaginais que

Loïc se nettoyait l'esprit avec ses peintures à l'eau de mer comme je me décrassais le mien en fixant les vagues. Je pensais beaucoup aux parents d'Almée depuis qu'on était partis. Je pensais à Ophélie, aussi, et à Laurent, souvent, mais je n'en parlais pas à Almée. Parfois, j'avais peur qu'elle ne comprenne pas. Elle n'est pas parfaite, on n'y peut rien.

Pourtant, je le sentais, elle était un peu déstabilisée par mes silences. Des fois, la nuit, quand la lune n'était pas encore sortie et qu'on ne se voyait pas le bout des orteils, elle me parlait un peu, pour ne pas s'endormir. Ça me rappelait nos nuits dans les hautes herbes du champ et ça me rendait nostalgique. Aujourd'hui, je me suis souvenue de ce qu'Almée avait dit : en mer, on voyait la galaxie. J'ai levé le nez vers là-haut : elle avait raison. Le ciel était comme peint, une grande trace blanche au milieu des étoiles. J'en ai été toute bouleversée; pour une fois que les étoiles n'étaient pas les mêmes que chez nous! Je me suis demandé si Almée l'avait remarqué; elle en aurait été tout excitée. Elle était tellement impressionnable, c'était charmant.

– Dors-tu?

La voix d'Almée m'a fait sursauter. Dans la nuit toute noire malgré les étoiles, il m'a semblé que je la voyais chercher mon regard pour s'assurer que j'étais réveillée.

– Non.

– À quoi tu penses ?

– Aux étoiles.

– Et puis ?

– Et puis rien. Je pensais aux étoiles qui sont pas les mêmes que chez nous.

– Ah non ?

– Non. Regarde.

Et puis le silence est revenu. Un silence plein de l'émerveillement d'Almée.

– C'est beau... Chloé ?

– Quoi ?

– ...

– ...

– Non, rien. Laisse faire.

Je me suis redressée et j'ai regardé la mer dans les yeux, j'ai scruté l'horizon qui s'éclairait avec la lune qui se levait. Rien n'était en vue. Almée s'est mise à chanter. Doucement, d'abord, puis plus fort. Ça m'a fait du bien de l'entendre chanter à nouveau, et que pour moi, pour une fois. Et j'ai eu l'impression, pendant un instant, qu'elle comprenait bien plus de choses qu'elle ne le laissait paraître.

*

La ligne à pêche n'avait rien donné jusqu'à maintenant, et Loïc passait son temps à s'activer autour d'elle comme si ça allait changer quelque chose. De mon côté, j'avais d'autres préoccupations que la pêche à la ligne. Ce matin, Oreste avait vomi, et c'était plein de sang dans le fond de sa cage. J'avais peur que l'air marin lui fasse plus de tort que celui de la ville. Dans ses bagarres avec les cafards, il était de moins en moins valeureux, et il les laissait gagner de plus en plus souvent. Ils s'étaient fait un nid dans les poils qu'il perdait par poignées. J'essayais de ne pas en parler à Almée pour ne pas la faire paniquer, mais je commençais à m'inquiéter pour Oreste. Elle avait recommencé à s'occuper de lui, depuis qu'on était à bord, et leur histoire d'amour avait semblé prendre un nouveau départ : elle n'allait jamais s'asseoir sur le pont sans l'avoir sur les genoux. Heureusement, depuis quelques heures, elle était beaucoup trop occupée pour remarquer quoi que ce soit. Elle s'était mis le nez dans les cartes marines. Elle traçait la route avec Loïc tous les soirs : le chemin qu'on avait fait, par où on s'en allait, tout ça. Comme en vélo quand on était parties pour la première fois, sauf que maintenant, ce n'était plus à moi qu'elle criait le temps qu'il restait avant l'arrivée. Elle était en train de devenir une vraie experte, mine de rien. Ça me rassurait de savoir qu'elle s'amusait, ça lui changeait les idées des cafards, et ça donnait un coup de main à Loïc. Selon leurs calculs, on se rapprochait toujours de l'île à bonne vitesse. J'essayais de l'imaginer, cette île où notre vie allait recommencer, notre île au trésor au bout du chemin. Loïc disait que c'était le plus bel endroit au monde. Je l'imaginais qui sortirait de la brume un matin, lumineuse à l'horizon, prête à nous accueillir, et j'avais envie d'y vivre toujours. Quand même, je restais lucide : à voir comme on s'était tannées du champ, du village et de la ville, je me doutais bien que, une fois rendue, j'aurais peut-être à nouveau les fourmis dans les jambes.

De plus en plus, le soir, avant de venir nous remplacer, Loïc nous rejoignait dehors dans la nuit, le temps de grignoter un sandwich et de parler un peu. C'était surtout Almée qui lui répondait, et moi, j'écoutais, je pensais à autre chose, je les laissais faire. Un soir comme ça, vers minuit, la ligne a bougé. Loïc s'est précipité dessus et il a ressorti une belle dorade qui frétillait sur le pont. Il lui a envoyé du rhum dans les ouïes, pour la tuer en douceur, et il nous a regardées avec un sourire béat et un brin triomphant :

– Notre souper de demain !

Il nous l'avait bien dit.

*

Après la pêche miraculeuse, vers 5 h du matin, le vent est tombé tout d'un coup, et on a cessé d'avancer.

On était de quart, alors j'ai réveillé Loïc, pour qu'il prenne une décision. Il avait pas l'air content. On était là, au milieu de nulle part, presque immobiles, à tourner un peu en rond avec les voiles qui ballottaient d'un côté et de l'autre, et on était coincés. Ça faisait déjà sept jours qu'on était partis, on était à la moitié du voyage, trop loin pour revenir en arrière, trop loin pour arriver bientôt, et Vatanen n'avançait plus. Loïc a poussé un soupir et le vent n'a rien voulu savoir de repartir, alors on a continué de faire du surplace. Un voilier, ça perd tout son sens quand il n'y a pas de vent. Je l'ai écrit dans l'encyclopédie.

Ça a continué comme ça pendant deux jours et ça devenait de plus en plus pénible. Almée se traînait entre les cartes inutiles et le pont qui cuisait au soleil, Loïc peignait toujours ses toiles invisibles, et Oreste allait de plus en plus mal. Il ne mangeait presque plus et il buvait à peine. Il n'ouvrait plus les yeux quand je l'appelais. J'avais hâte d'arriver, pour le mettre à terre dans l'herbe, et pour pouvoir courir ailleurs que sur le pont, et sentir l'asphalte sous mes pieds, et faire rouler mon vélo. J'ai regardé l'île sur les cartes, et j'ai eu plus que jamais envie de la voir en vrai, de sentir l'odeur des arbres et des humains. C'était comme si l'île au trésor s'éloignait un peu plus à chaque instant, comme si on n'allait jamais finir par l'atteindre. C'était tellement loin, j'avais l'impression qu'en arrivant là-bas, j'allais avoir vieilli de mille ans, et qu'une autre vie allait commencer.

Un soir, on a eu la visite d'une famille de dauphins. Ils ont sauté autour de nous et ils se sont poussés en ricanant. Almée et moi, on aurait été tout excitées de voir des dauphins s'ils n'avaient pas eu l'air de se moquer de notre allure de baleine échouée. On ne s'est même pas défendues, ça ne valait pas la peine. On s'est fait une salade de thon sans laitue, et, pendant que Loïc servait les assiettes, je suis allée voir Oreste pour son repas du soir.

Il était mort.

J'ai crié, et en même temps, Almée a hurlé, sur le pont : le vent se levait. Il revenait comme il était parti, tout d'un coup, et Vatanen se remettait en route, avec nous à son bord. J'ai dû laisser Oreste dans sa cage, tout seul, parce que Loïc m'a appelée. On s'est jetés sur les voiles pour profiter au maximum de la brise qui se levait : il fallait bouger d'ici au plus vite, ou on allait finir par s'entredévorer à force de faim et d'ennui. On a fait plusieurs manœuvres, on a vérifié les cartes puis, quand Loïc a été satisfait de notre cap et de la position des voiles, on est retournés à notre salade de thon. J'ai voulu les prévenir tout de suite de ce qui était arrivé, puis j'ai pensé que si Almée apprenait la mort d'Oreste maintenant, elle ne toucherait pas à sa salade, ni peut-être plus jamais à une canne de thon. Alors je les ai laissé manger pendant que je grignotais lentement, du bout des lèvres. Ils étaient tellement heureux qu'on soit repartis qu'ils ne l'ont même pas remarqué, et tout le repas s'est déroulé comme si de rien n'était, juste un peu plus joyeusement que d'habitude. Mais tout à coup, Loïc, euphorique, a décidé d'ouvrir une bouteille de porto pour fêter ça. C'était trop. Au moment où il allait faire *tchin*, je l'ai arrêté.

– Oreste est mort.
– Quoi?
– Juste avant que le vent revienne, je suis allée lui porter son repas, et il était mort.

Almée m'a regardée, sidérée.

– Pourquoi tu l'as pas dit avant?
– J'ai crié, mais le vent est revenu, et vous ne m'avez pas entendue.
– Mais après qu'on a replacé les voiles?
– Je ne voulais pas vous couper l'appétit...

Almée m'a dévisagé d'un air furieux et s'est précipitée sur la cage d'Oreste. Elle l'a regardé, l'a touché et l'a retourné, l'a secoué et, finalement, elle a constaté le décès, elle aussi. Puis elle a reculé, lentement, et elle a couru s'enfermer dans sa cabine. Juste au moment de claquer la porte, elle s'est retournée vers moi.

– Je te hais, Chloé.

*

Les cafards se sont mis après le cadavre d'Oreste. Almée ne me parlait plus et regardait dans le vague. Je lui ai proposé qu'on l'enterre sur l'île, en arrivant, dans une jolie prairie au pied d'une cascade ou quelque chose comme ça. Elle n'a rien dit. Je savais qu'elle pleurait dans le noir, la nuit, pendant nos quarts, mais elle ne voulait pas que je la voie. Je comptais sur l'effet de la mer pour que ça passe. On en avait encore pour quatre ou cinq jours, aussi bien dire qu'on avait la vie devant nous.

X

Où les parents de Loïc ouvrent les bras, où Oreste retourne d'où il vient et où Almée et Loïc se promènent

À force de regarder dans le vague, Almée s'est défâchée. Elle a continué de regarder au loin, parce qu'il n'y avait rien d'autre à faire, mais elle a recommencé à me parler un peu. Je lui en voulais pas trop de m'avoir boudée, sauf que je trouvais qu'elle exagérait. Elle n'avait pas le monopole du malheur, sapristi! Alors, pour lui montrer que je l'approuvais pas, mais que je lui pardonnais, je continuais de regarder au loin et je lui répondais un peu.

On pourrait croire que regarder le vide, ça devient long après autant de jours. Étonnamment, non. C'était plein de changement. On passait notre temps à nous transformer, on était les rois du monde ou on était perdus au fond d'un grand trou, ça dépendait des vagues et du vent. Loïc appelait ça la respiration de la mer. C'était mieux qu'un champ, qui restait pareil sauf pour les dessins du vent dans les herbes, ces petites vagues qui ne nous soule-vaient pas comme des Atlas. Quand même, on avait eu peur encore une fois, Almée et moi, de se tanner du vide comme on s'était tannées de la ville, et du champ. On n'était pas du genre à rester longtemps au même endroit, on avait comme un déficit d'attention généralisé. On voyait ça d'un bon œil, ça faisait de nous des filles surprenantes.

Heureusement, on a fini par arriver. Un jour, au loin, on a vu apparaître à l'horizon, sortant de la brume exactement comme dans ma tête, notre île au trésor. Du haut du mât, j'ai crié, et Loïc et Almée se sont précipités pour la regarder. Et toute la journée, on l'a vue grossir, et grossir encore, et en pleine nuit, on a fini par l'atteindre. On a navigué entre les bateaux jusqu'à un quai, en plein devant l'île illuminée et pleine de monde. Loïc a répété que c'était la plus belle île au monde, et, même s'il n'avait aucune crédibilité vu que c'est la sienne, j'avais envie de le croire. On la découvrirait le lendemain, mais avant d'aller retrouver nos lits respectifs, on a ouvert le champagne, parce qu'on méritait bien ça. Loïc nous a appris, pendant la traversée, une vieille tradition de navigation qui veut que chaque bon marin ait droit à sa ration d'alcool à la fin d'une bonne journée. C'était le genre de tradition qu'on avait bien fait de conserver. Vin rouge, porto, vin blanc, tout y était passé jusqu'au champagne de ce soir, le top du top, le paroxysme du bon marin. Les bulles, ça n'arrivait qu'une fois par traversée, même si elle avait été exécrable – surtout si elle avait été exécrable. La nôtre, aux dires du capitaine, avait été plutôt tranquille. Il avait l'air complètement guéri, notre capitaine, avec le regard comme nettoyé par l'eau de mer. Et celui d'Almée, quand elle le regardait, était comme plus clair aussi. Ils avaient le même regard, Almée et Loïc.

*

Quand on a mis le pied à terre pour la première fois, la terre a bougé, et pas à peu près. Paraîtrait que c'était normal, que c'était parce qu'on s'était trop bien habitués à la mer. À la suggestion de Loïc, on s'est bourrés de bière pour oublier ça; le pire, c'est que ça a marché. Malgré ça, je restais méfiante en débarquant sur l'île : un peu effarouchée, peut-être, pleine de la peur d'être déçue après m'être fait charmer. L'expérience qui rentre, quoi. Les parents de Loïc ont débarqué au port dès le premier jour, prévenus on ne sait comment de notre arrivée, les bras grands ouverts et chargés de bouffe. Sans même nous demander notre avis, ils nous ont donné chacune deux gros becs, à Almée et à moi, et ils nous ont fait monter dans leur voiture. Serrés à trois derrière, Almée au milieu parce que c'est la plus maigre, on a traversé tous les coins intéressants de la ville juste pour se rendre chez eux, au sommet de l'île. De leurs fenêtres à huit carreaux, on voyait les toits et la mer. Les rues étaient vides.

– Où sont les gens?
– À l'église. C'est dimanche.

On avait un peu perdu la notion du temps, avec tous ces jours dans l'océan. Entre les façades toutes pareilles, mais toutes différentes avec leurs drôles de couleurs, et les noms de rues sur des plaques de céramique aux murs, une grande église toute blanche brillait au soleil. C'était la version géante de la petite église bleu ciel qui donnait sur le port et qui sonnait les heures la nuit. On était loin de l'église en bois de notre village.

La maison des parents de Loïc était faite à leur image : petite, mais accueillante, avec un immense jardin derrière, et même un étang où nageaient des poissons de toutes les couleurs et de toutes les formes. Après avoir fait le tour du propriétaire et entendu quelques histoires embarrassantes sur l'enfance de Loïc, on a mangé comme des ours et bu comme des éléphants, dans leur cuisine toute paysanne sur un plancher en tuiles. Leur gros chat noir, Loup-garou, venait se frotter sur nos jambes pour qu'on le nourrisse. Entre l'oie farcie, les concombres, le vin rouge et les tasses de thé au caramel, on s'est senties tout à fait chez nous pendant un après-midi. Les parents de Loïc étaient tout le contraire de leur fils, à croire qu'ils l'avaient trouvé dans une rivière : ils piaillent sans arrêt et explosaient de joie à tous les instants, ils étaient ce que ma mère aurait appelé des bons vivants. Ils nous ont fait raconter notre escapade en mer et en ville avec force détails, comme si on était des conférencières. Ça nous a mises un peu mal à l'aise au début, on n'était pas habituées de parler de nous comme ça, ça nous paraissait même un peu malsain, mais devant des étrangers, Almée et moi, on était encore dociles et intimidées, alors on a fait comme ils voulaient. Mais quand ils ont demandé des nouvelles de Laurent, j'ai laissé Loïc répondre et je me suis sauvée aux toilettes pour éviter d'être méchante. Ils ne se sont rendu compte de rien, sauf Almée, qui m'a fait un petit sourire quand je suis revenue. J'ai enchaîné en parlant de notre voyage à vélo jusqu'à la ville portuaire, ça leur a plu. Ils nous appelaient «les grandes voyageuses»...

Quand ça a été l'heure de penser à dormir, Loïc a décidé de rester chez ses parents pour la nuit, mais on n'a pas osé profiter de leur invitation. Alors il nous a donné les clés du bateau et il nous a envoyées au port avec un plan qu'on s'est empressées de fourrer au fond de nos poches. On a descendu les rues au hasard en se disant qu'ici aussi, tous les chemins devaient mener à la mer. Je pensais qu'Almée serait tout excitée, qu'elle regarderait partout en s'extasiant avec sa naïveté habituelle, mais non. Elle était là, à côté de moi, et elle marchait lentement, calmement, avec l'air de quelqu'un qui porte un secret. Je ne lui ai pas demandé lequel. Parce que ça me rendait mal à l'aise, j'ai essayé de la faire réagir, j'ai gonflé mon enthousiasme, j'ai beurré un peu épais.

– Ça valait la peine de se taper le voyage, tu trouves pas? Regarde, regarde les maisons, les tout petits balcons, les jardins, les trottoirs, le ciel, la rue! Regarde, un parc! On va au parc! On va essayer tous les bancs! Viens! Pourquoi tu dis rien?

Elle n'a pas répondu. Elle se méfiait. Elle avait changé, Almée. Avant, elle était ouverte, fraîche, innocente et sans malice, elle laissait entrer les choses, les gens, les endroits en plein dans son cœur, sans penser qu'ils pourraient lui briser. Plus maintenant. Elle avait appris la méfiance, Almée.

J'ai laissé tomber et j'ai continué de marcher à côté d'elle, silencieusement. On voyait les lumières du port, plus bas. Je me suis dit que, le lendemain, il faudrait enterrer Oreste.

*

C'est Loïc qui nous a réveillées. Il voulait nous emmener déjeuner chez ses parents. On a dit oui, parce qu'on aimait bien ses parents, et parce qu'on avait envie d'être avec lui. On ne se sépare pas facilement après avoir passé trois semaines empilés les uns sur les autres. C'était peut-être pour ça que, quand je pensais à Laurent, ça me faisait quelque chose même si j'aurais voulu faire comme s'il n'existait pas, maintenant qu'on l'avait quitté pour toujours. Je me suis habillée en vitesse et, avant qu'on parte tous les trois, j'ai pris Loïc à part sur le quai et je lui ai parlé de mon projet : il fallait enterrer Oreste dans le jardin de ses parents, près de l'étang et des plans de laitue. Il a réfléchi un peu, puis il a aimé l'idée, et il m'a assuré que ses parents seraient d'accord : ils avaient déjà enterré leur vieux chien dans la cour quand il était petit. Ça m'a soulagée, j'avais peur qu'ils nous prennent pour des folles avec notre lièvre mort. Je suis allée trouver Almée qui finissait de s'habiller.

– On va emmener Oreste avec nous.

Elle m'a regardée comme si j'étais dérangée.

– Oreste est mort.
– Je sais. On va l'enterrer dans le jardin des parents de Loïc.

Je lui ai expliqué mon plan. Je lui ai parlé du chien enterré, de l'étang, des plans de laitue. Et j'ai vu une petite lumière s'allumer dans ses yeux.

– D'accord. Mais je veux l'enterrer moi-même.

J'ai accepté. Je lui devais bien ça, après tout. On a ramassé toutes les affaires d'Oreste, sa cage, son bol d'eau, et son cadavre dans un très grand sac à congélation. C'était tout ce qu'on avait trouvé pour que ça ne pue pas dans tout le bateau. Almée a ramassé un foulard à elle, acheté à la ville portuaire, pour servir de linceul à Oreste, puis on a pris nos cliques et nos claques et on a quitté Vatanen.

*

Après nous avoir servi un déjeuner qui avait des airs de buffet, les parents de Loïc, qui pensaient à tout, ont allumé des torches au bord de l'étang et ont fait des bouquets avec les fleurs de leur jardin pour les déposer ensuite sur la tombe d'Oreste. Loïc, dans l'atelier de son père, a trouvé des morceaux de bois et il a fabriqué une petite croix sur laquelle on a écrit le nom de notre lièvre. Puis, le père de Loïc a creusé un trou, pas trop loin de l'eau et du potager, et on a tout enfoui dedans, sauf la cage, parce qu'elle était trop grosse. Almée a jeté une feuille de laitue dans le trou, et j'ai récité deux ou trois poèmes que j'avais appris par cœur pendant la traversée. Ça aura fini par me servir à quelque chose. Quand on a déposé la croix et les bouquets sur la terre qu'on avait jetée sur Oreste, Almée a ramassé la cage en s'essuyant les yeux.

– Si on s'était mieux occupées d'Oreste, si on avait mieux compris ce qu'il lui fallait pour être bien, ça ne serait pas arrivé. On aurait dû pouvoir le sauver.

Je me suis dit qu'Almée avait raison, qu'on aurait dû se soucier de lui un peu plus, que c'était un peu notre faute s'il était mort. Puis, j'ai pensé à Ophélie, et j'ai baissé les yeux.

La mère de Loïc nous a regardées l'une après l'autre, puis elle a dit, comme si elle savait de quoi elle parlait :

– Vous avez fait tout ce que vous avez pu. Vous n'avez rien à vous reprocher. Allez, venez boire un dernier café.

Elle a serré Almée dans ses bras et elle l'a emmenée à l'intérieur. On les a suivies en silence, Loïc, son père et moi. Loup-garou est venu se frotter sur nos jambes. Il a sauté sur les genoux d'Almée, qui reprenait tranquillement un air moins lugubre, et Loïc a suggéré de nous emmener visiter un peu son île, les endroits qu'il aimait, tout ça. C'était une bonne façon de changer de sujet, et c'était aussi une bonne idée. On avait un peu vu l'île entre le port et la maison de ses parents, les attraits touristiques et tout, mais il n'y avait rien comme le point de vue de quelqu'un qui y était né pour découvrir un endroit, alors on a accepté avec joie. J'ai senti qu'Almée était heureuse de parler de choses joyeuses, et j'étais reconnaissante à Loïc de faire ça pour elle, et aussi pour moi. Je n'aimais pas quand Almée était triste.

*

Après avoir remercié une dernière fois les parents de Loïc, on est partis, sans un regard pour la tombe d'Oreste. Loïc nous a emmenées, Almée et moi, dans la voiture de ses parents, vers l'autre versant de l'île, moins urbain, plus campagnard, pour nous montrer une ferme où il avait travaillé quand il était plus jeune. Autour de notre village, avant qu'ils décident de construire l'aéroport, il y avait des tonnes de fermes comme celle-là. Arrivé près de la grange, Loïc a appelé, «Ohé!» et un homme en salopette est sorti. La face lui est tombée quand il a vu Loïc, et lui a sauté au cou, un peu comme la serveuse de chez Peter's, mais en plus viril.

– Qu'est-ce que tu fais là, mon petit gars? Tu vivais pas à l'autre bout du monde?
– Je suis venu voir mes parents. J'ai traversé sur mon voilier.
– Tout seul?
– Jusqu'à la ville, et après j'ai embarqué Almée et Chloé.

Il en a profité pour nous présenter un peu, et on a serré la grosse main terreuse du monsieur.

– T'es allé en ville? As-tu eu des nouvelles de Laurent? Il en donne pas beaucoup...
– C'est à elles qu'il faudrait demander ça!

Le monsieur nous a regardées d'un air intéressé, et Loïc m'a poussée du coude. J'ai donné des nouvelles rapides et insignifiantes, et puis Loïc nous a promenées pendant une heure dans la ferme de l'oncle de Laurent. Il nous a raconté que c'était là qu'ils s'étaient connus, en jouant dans les champs, quand ils étaient petits. Comme Almée et moi on avait joué dans les champs, quand on était petites. Ça nous faisait un point commun, à Laurent et à moi. Ça m'a rendue songeuse et je suis restée derrière à regarder les champs pendant que Loïc montrait les lapins à Almée, tout émerveillée. De toute façon, ils n'avaient pas l'air d'avoir besoin de moi, et les lapins, depuis la mort d'Oreste, ça ne m'intéressait plus tellement. Ça me faisait tout drôle d'imaginer Laurent enfant, se cachant dans les herbes hautes et courant entre les vaches. Ça changeait toute ma perspective, et j'ai regretté de ne pas avoir essayé d'en savoir plus sur sa vie d'avant la ville, la ville qui l'avait changé et rendu différent, pas forcément pour le mieux. Il avait sûrement été quelqu'un de bien, avant.

Quand Almée a eu caressé tous les lapins et les a eu nommés Électre, Clytemnestre et Agamemnon, Loïc a décrété qu'on continuait notre tournée jusqu'au resto des parents de Laurent. Loïc a conduit la voiture jusqu'en ville pour qu'on puisse continuer à se promener à pied. Sur les trottoirs étroits, on ne pouvait pas marcher tous les trois ensemble, alors je suis restée derrière, c'était mieux comme ça. Ils avaient tellement de choses à se dire, de toute façon.

On a finalement atteint le restaurant où Laurent avait grandi, entre les calmars frits et le poulet grillé. Là où il avait appris son métier de cuisinier. Quand Loïc a crié leur nom, les parents de Laurent sont sortis de la cuisine et nous ont fait le coup de tous ceux qui voient Loïc : d'abord la surprise, puis les embrassades et les questions. Loïc et Almée jasaient comme des poules et racontaient notre aventure. J'étais restée derrière, un peu en retrait, et personne n'avait l'air de se rappeler que j'existais encore. Après avoir essayé de parler, moi aussi, j'ai abandonné et je les ai tous salués poliment, puis j'ai dit que je ne me sentais pas très bien et que j'allais prendre l'air. Almée a fait semblant de rien, Loïc m'a fait des yeux surpris, et je me suis sauvée dans la rue sans demander mon reste. Un coin de rue plus loin, j'ai essuyé deux larmes sur mes joues. Je voulais bien qu'Almée et Loïc s'amusent ensemble, mais je n'allais pas rester dans mon coin à les regarder faire. J'allais repartir vers Vatanen, mais Almée, en courant, est venue me rejoindre.

– Ils nous offrent le dîner...
– J'ai pas faim, merci.
– T'es sûre que tu veux pas rentrer ?

J'avais pas envie d'être comme la troisième roue de leur tandem plus longtemps, alors valait mieux que je les laisse en paix. Almée n'a pas eu l'air trop déçue, même que ça avait l'air de faire son affaire, comme si elle était venue me voir seulement par acquit de conscience. Elle est retournée rejoindre Loïc, et je ne suis pas restée pour la regarder à travers la vitrine essayer d'expliquer ce qui m'avait pris.

Je suis partie au hasard en réalisant que Laurent avait vécu des choses dans toutes les rues que je croisais. C'était bête, j'avais presque oublié, pendant tout ce temps de la traversée, que l'île, notre fameuse île au trésor, était la sienne. Quand on était sur Vatanen, l'île était encore un lieu magique, paisible et abstrait, sans autre signification que celle de l'arrivée. Maintenant qu'on y était, c'était comme si elle me criait après de tous les côtés en même temps, elle me rappelait la vie qu'on avait laissée derrière nous et ne me laissait pas tranquille. J'avais espéré recommencer à neuf, sans regarder en arrière, en arrivant ici, mais je commençais à penser que c'était impossible de laisser tous ses fantômes derrière soi.

En marchant, à force de changer de rue le plus souvent possible, un peu pour m'étourdir, un peu pour voir plus de choses, j'ai fini par tomber sur une bibliothèque, dans un vieil édifice aux fenêtres en vitraux et aux grosses colonnes blanches. Au village, la seule bibliothèque qu'on avait était celle de l'école, et il n'y avait pas grand-chose à part des livres sur les animaux sauvages. J'ai voulu y entrer, pour voir, mais avec l'horaire d'été qui était bizarre, c'était fermé, alors je suis repartie, un peu déçue, en prenant soin de recopier les heures d'ouverture dans l'encyclopédie, que j'avais emportée avec moi. Je me suis promis d'y retourner quand j'en aurais marre d'être de trop derrière Almée et Loïc. Et en tournant quelques coins de rue de plus, je me suis rendu compte que j'étais déjà arrivée au port. Vatanen était là, qui m'attendait au quai avec son drapeau qui claquait au vent. Almée n'était pas encore arrivée, évidemment. J'ai ouvert la cabine, je me suis versé un porto, une habitude prise en traversée et dont je n'arrivais plus à me débarrasser, et j'ai ramassé un roman qui traînait. Installée dans le hamac que Loïc avait accroché au-dessus du pont le lendemain de notre arrivée, j'ai jeté un coup d'œil à la mer, au loin, avant de plonger dans mon livre.

*

Almée est rentrée tard dans l'après-midi, tellement que le soleil commençait à descendre. Je lui ai demandé ce qu'ils avaient fait tout ce temps-là. Elle m'a répondu sec, comme si c'était pas de mes affaires.

– On s'est promenés.

Et elle est rentrée dans sa cabine, avec l'air de quelqu'un qui n'a pas envie de jaser. Je l'ai laissée jouer au Roi du Silence et je suis retournée à mon livre, que je lisais de plus en plus distraitement. Une demi-heure plus tard, Almée devait être tannée de jouer toute seule, parce qu'elle a passé la tête par l'écoutille, sous le hamac.

– Qu'est-ce qu'on mange pour souper? Il reste plus rien.

On avait déjà englouti la bouffe des parents de Loïc, celle qu'ils avaient apportée le matin de notre arrivée. Et, visiblement, Almée ne nous avait pas récolté d'invitation à souper, donc il faudrait se débrouiller.

– Je sais pas trop... des toasts?
– Je pensais que Laurent t'avait appris à cuisinier.

Je l'ai regardée, un peu blessée, mais surtout étonnée. Ça ne ressemblait pas à Almée de lancer des flèches comme ça.

– Il m'a pas appris à cuisiner avec des fonds d'armoire et des boîtes vides.

Almée a poussé un soupir et a rentré sa tête. Je suis restée dans le hamac, perplexe. C'était moi qui aurais dû faire la gueule, avec leur manie de marcher à deux sur les trottoirs. Qu'est-ce qui lui prenait? J'ai débarqué de mon hamac et je suis entrée dans le bateau, où j'ai trouvé Almée assise devant le contenu du garde-manger ou, du moins, devant ce qu'il en restait. Deux ou trois cannes de thon, du beurre d'arachide, du riz, des champignons et, au frais, que du pain, du lait et du fromage. Elle avait l'air découragée.

– Almée, qu'est-ce qui se passe?
– On n'a rien à manger.
– C'est pour ça que tu boudes?
– Je boude pas...

Elle continuait de fixer la nourriture sur la table en soupirant, avec l'air d'analyser un problème complexe.

– Viens. On va aller se chercher une pizza.

Elle a levé les yeux vers moi, puis elle est comme sortie du brouillard.

– Parfait! Je range ça et j'arrive!

Maintenant que le problème du repas était réglé, je n'avais plus qu'à attendre qu'elle vienne à moi d'elle-même. Ça finirait bien par arriver, si je lui tendais assez de perches auxquelles s'accrocher pour me dire enfin ce qui la turlupinait. On a ramassé nos sacs de filles, avec nos portefeuilles et nos mille autres cossins, et on est parties vers la pizzeria qu'on pouvait apercevoir du quai. Si on avait eu le téléphone sur Vatanen, on aurait même pu commander notre pizza, parce qu'on voyait le numéro écrit en gros sur la façade.

Arrivées à la pizzeria, on a dû régler le problème de la garniture, qui a replongé Almée dans le même brouillard que tout à l'heure. Finalement, j'ai tranché, et on a commandé une pizza moitié bacon-pepperoni-oignons, moitié végé. L'indécision et les silences d'Almée commençaient à me porter sur les nerfs, et j'avais hâte qu'on en ait fini. Almée a eu l'air soulagée que je lui évite une autre demi-heure d'hésitation et m'a souri avec reconnaissance quand j'ai offert de payer. J'avais intérêt à lui faire plaisir si je voulais qu'elle me parle. Enfin, quand la pizza a été prête, pendant qu'on faisait les dix pas qui nous ramenaient sur Vatanen, elle a fini par lâcher le morceau.

– Loïc m'a proposé de repartir avec lui.
– Hein? Où ça, quand ça?
– Bientôt, peut-être la semaine prochaine. Il veut aller dans les autres îles.

Je me suis souvenue que Laurent m'avait dit que son île était dans un petit archipel.

– Et il veut qu'on rentre chez lui, après.
– Chez lui... tu veux dire ici?
– Non, chez lui de l'autre côté de l'océan.

Ça m'a fait un choc. Je me doutais que Loïc repartirait un jour dans son village pour reprendre sa vie normale, mais je ne pensais pas qu'il voudrait emmener Almée avec lui.

– Et tu veux partir avec lui?
– Je sais pas... Pas sans toi.
– C'est à toi qu'il a proposé de partir, pas à moi.
– Oui, mais il sait qu'on est parties ensemble, toi et moi, et qu'on va rester ensemble. Je lui ai dit.

Malgré l'histoire d'Oreste, malgré les beaux yeux de Loïc, malgré tout ce qui nous avait séparées depuis qu'on avait quitté notre village, elle restait loyale, Almée. Ça m'a touchée.

– Et si je venais aussi, tu voudrais partir avec lui?
– Je pense que oui.

Alors la décision définitive était entre mes mains. C'était ça qui la turlupinait.

– Aller dans les autres îles, peut-être. Mais de l'autre côté de l'océan... Qu'est-ce qu'on irait faire là-bas?
– Du surf?

J'ai haussé les sourcils. Avec Almée et Loïc, je n'avais pas fini d'être la cinquième roue du carrosse. J'avais pas fait tout ce chemin pour me la faire voler encore par quelqu'un de plus charmant que moi. Comment est-ce qu'on allait survivre à autant de temps en mer tous les trois? Huit jours, passe encore, mais pour refaire toute la traversée, on en avait pour des semaines. Et puis, si Loïc se tannait d'Almée, s'il était pas plus fiable que Venise, qu'est-ce qu'on ferait, toutes les deux, à l'autre bout du monde?

– Je sais pas, Almée. Je crois pas que ce soit une bonne idée.
– Mais tu veux faire quoi, alors? Rester ici?
– Je sais pas, on peut rester ici, ou bien retourner sur le continent, mais pas aller à l'autre bout du monde.

– Pour moi, ça fait pas de différence, un continent ou un autre. Et puis c'est la mer qu'on était venues chercher, tu te rappelles? Pour être en mer, ça prend un bateau, et le bateau, c'est Loïc qui l'a.

Je comprenais qu'Almée ait envie de partir, mais je ne pouvais pas dire oui, comme ça, d'un coup. Et pourtant je savais que si je refusais, Almée resterait avec moi, mais qu'elle m'en voudrait sûrement de la forcer à quitter Loïc.

– Je vais y penser.

Elle a eu l'air un peu rassurée, et elle a pris une pointe de pizza végé. J'ai soupiré, et j'ai mordu dans ma pointe bacon-pepperoni-oignons en boudant à mon tour. Visiblement, on ne l'aurait jamais facile.

XI

Où Chloé lit des livres qu'elle a déjà lus, où le chat sort du sac et où c'est le branle-bas de combat sur Vatanen

Les deux nuits qui avaient suivi ma discussion avec Almée ne m'avaient pas tellement porté conseil. Je commençais à croire que le dicton n'était bon qu'une fois sur dix.

En me levant, ce matin, j'ai croisé le regard d'Almée, qui semblait se dire qu'elle allait m'avoir à l'usure. La date du départ approchait inexorablement, fallait me rendre à l'évidence : il fallait que je me décide. Mais je n'arrivais ni à vouloir partir, ni à vouloir rester. Pour éviter les questions et les regards par en dessous, j'ai grignoté une tranche de pain en me plongeant dans un roman, puis je suis allée m'enfermer dans la cabine. En observant les cafards, qui continuaient de proliférer comme si le monde n'avait pas de fin, j'ai regretté qu'on soit si loin de chez Peter's. C'était là que je serais allée pour réfléchir à tout ça, en paix malgré le serveur qui m'aurait fait trop de sourires. Mais ici, je n'avais plus d'endroit secret à moi. On ne se fabrique pas de nouvelles habitudes en criant ciseaux. Comme je m'apprêtais à retourner me coucher, on a frappé à la porte.

– Quoi?

– Loïc est là, il veut nous emmener visiter une grotte.

Ça faisait déjà deux jours que je refusais de les suivre dans leurs grandes balades sur l'île en prétextant un gros mal de gorge. Almée savait que je mentais, mais Loïc n'y voyait que du feu, comme d'habitude. Je n'allais quand même pas lui expliquer que je n'avais pas envie de passer la journée à marcher derrière eux et à les écouter me convaincre qu'on devrait repartir tous ensemble.

– Vas-y, je vais rester ici.

– Encore? Qu'est-ce que tu vas faire?

– Lire.

Ça a eu l'air de la satisfaire. Je l'ai entendue monter sur le pont, répéter ma réponse à Loïc, qui devait être assis à la barre. Je n'ai pas entendu sa réaction, mais il ne devait pas être trop fâché de passer du temps en tête à tête avec Almée. Puis j'ai vu leurs pieds passer sur le quai près de mon hublot et, quand j'ai été sûre qu'ils étaient partis, je me suis levée et je me suis habillée. Je venais d'avoir une idée : la bibliothèque.

J'ai vérifié dans l'encyclopédie : c'était ouvert. J'ai verrouillé Vatanen et j'ai retrouvé le chemin à l'instinct. Je n'étais jamais entrée dans une vraie bibliothèque, mais j'en avais lu assez de descriptions pour savoir qu'il n'y avait pas de meilleur endroit pour s'entourer de silence; c'était à se demander pourquoi je n'y avais pas pensé avant. À l'entrée, un gardien de sécurité m'a fait un signe de tête solennel, et je lui ai fait un petit sourire timide. Devant moi, une fille qui ressemblait un peu à Ophélie, un foulard vert enroulé autour du cou, se tenait derrière un comptoir et enregistrait les livres des gens. À droite, à gauche, il y avait des étagères immenses, remplies de livre, et un escalier de bois montait jusqu'à un autre étage qui paraissait tout aussi rempli. Je me suis arrêtée pour regarder le plafond en voute, comme aspirée par les étoiles peintes en galaxie et la poussière qui semblait flotter en l'air sans jamais retomber. J'ai eu le souffle coupé pendant un instant, impressionnée par l'allure et le silence de cathédrale. La lumière du jour, qui provenait des vitraux tout en haut des murs, lançait des taches multicolores sur les rayonnages. L'air sentait le vieux papier, celui des quelques vieux livres que mon père gardait dans un coin du salon à la maison. Quand j'étais petite, j'aimais mettre mon nez dans ces livres, même si ma mère venait toujours me les enlever en disant que j'allais attraper des champignons. Je me suis sentie bien tout à coup au milieu de ces montagnes de bouquins, comme enveloppée par l'atmosphère de la bibliothèque. Doucement, je me suis avancée vers les livres, j'ai choisi une rangée au hasard, et j'ai regardé les titres. Il y avait tout plein de livres que j'avais déjà lus, qui avaient l'air de m'attendre sur leur tablette entre des inconnus. C'était comme arriver dans une nouvelle classe au début de l'année scolaire et se rendre compte que nos amis sont là, au milieu des nouveaux visages.

J'ai en ai ramassé quelques-uns, que j'ai emmenés avec moi jusqu'à un vieux fauteuil en cuir, planté là au bout d'une rangée, et j'en ai ouvert un, un livre qui avait appartenu à Ophélie. J'avais envie de lui demander conseil, et il me semblait que j'étais au bon endroit pour ça, dans tout ce calme qui avait l'air fait pour le recueillement. Dans ma famille, on avait comme une mythologie : chaque mort jouait un rôle et on pouvait lui demander de l'aide quand on avait un problème lié à sa spécialité. Ma grand-mère aidait à retrouver les objets, mon oncle, à guérir les maladies, mon arrière-petit-cousin, à se rappeler ce qu'on avait oublié, et ainsi de suite. Et il y avait Ophélie, qui m'aidait à régler les problèmes et à prendre des décisions. J'ai eu envie de lui demander de l'aide, mais aussi d'en demander à Laurent. Même s'il n'était pas mort, il faisait partie de mes fantômes, je ne voyais pas pourquoi ça ne pourrait pas faire pareil. Ophélie m'aurait dit de dormir là-dessus, mais après deux nuits, ça n'avait toujours rien donné. Laurent m'aurait sûrement dit d'oublier ça et de cuisiner quelque chose. C'était peut-être bien ce que j'allais faire.

*

En sortant de la bibliothèque pour me diriger vers l'épicerie pour acheter de quoi cuisiner quelque chose qui m'aiderait à réfléchir, j'ai eu une idée, comme par magie. Je pourrais proposer une espèce de compromis à Almée. Loïc nous avait déjà dit, je m'en souvenais, que pour rentrer chez lui de l'autre côté de l'océan, il ne pourrait pas passer par le même chemin qu'à l'aller, une affaire de vent ou quelque chose comme ça. Il allait devoir revenir en ville, puis descendre assez loin le long de la côte du continent avant de repartir dans l'océan. Ce bout de chemin-là, on pourrait le faire avec lui, Almée et moi. Comme ça, ça nous engageait à rien, on serait pas obligées de le suivre pour tout le chemin du retour et de se retrouver à l'autre bout du monde. J'étais pas sûre qu'Almée allait accepter, mais ça valait la peine d'essayer. J'étais même prête à dire que, lorsque ce serait le temps qu'il reparte pour la grande traversée, il serait toujours temps de décider si on embarquait avec lui ou non. Je réfléchissais comme ça à mon plan et à la façon de le présenter à Almée pour qu'elle soit d'accord quand, en tournant un coin de rue, je suis tombée face à face avec elle. Loïc n'était pas loin non plus, évidemment. Sans même se demander ce que je faisais sur leur chemin, Almée, tout excitée, m'a raconté qu'ils avaient marché deux kilomètres sous la terre et qu'ils avaient vu des stalactites et des stalagmites, et que c'était sûrement la chose la plus extraordinaire qu'elle avait vue de toute sa vie. Puis, Loïc s'est avancé vers moi avec un air de garde-malade.

– Tu vas mieux?

Loïc s'inquiétait de ma santé. Merde.

– Euh, oui, ça va mieux. Assez pour marcher un peu en tout cas.
– Dans ce cas-là, viens manger chez mes parents avec nous!
– Oui, viens!

Je les ai regardés, avec leurs sourires d'anges béats et complices. Pas d'échappatoire possible. J'ai accepté.

Plus vite que l'éclair, ils m'ont ramenée jusqu'à la voiture des parents de Loïc, que Loïc et Almée monopolisaient depuis quelques jours, et je suis montée à l'arrière. On a parcouru le chemin qui devenait de plus en plus familier, pendant qu'Almée continuait de me raconter leur expédition de la journée. Je ne leur ai pas parlé de la bibliothèque : ils n'auraient pas compris.

Juste comme Almée commençait à évoquer la question du départ, on est arrivés à destination et on a été interrompus par les parents de Loïc, qui nous attendaient sur le perron et qui nous ont accueillis en s'exclamant. Ça m'a fait plaisir de les revoir, et ça m'arrangeait bien qu'ils aient coupé la parole à Almée : je n'étais pas encore prête à lui répondre, surtout pas avec Loïc à côté. Quand tout le monde a été installé dans le jardin, la mère de Loïc nous a regardés tous les trois avec un air satisfait et mystérieux et a sorti un dépliant de sa poche.

– Toutes vos histoires de voyage nous ont donné envie de partir, on était jaloux. Alors devinez quoi? On s'en va sur le continent, en ville, la semaine prochaine! On a tout un programme, regardez ça...

Et elle nous a tendu un dépliant qui expliquait dans le détail chacune des activités qui étaient prévues pendant leur petite escapade dans la ville portuaire. Loïc l'a pris le premier, l'a parcouru rapidement en hochant la tête d'un air approbateur, puis l'a passé à Almée. Almée a d'abord regardé les images, puis elle a commencé à lire la liste des activités et, tout à coup, elle s'est étouffée avec sa gorgée de vin de blanc. Tous les regards se sont tournés vers elle, inquiets, pendant que la mère de Loïc lui tendait une *napkin* en lui tapotant le dos. Comme elle commençait à se remettre, Almée m'a tendu le dépliant avec un regard insistant. J'ai baissé les yeux sur la liste des activités et je suis tout de suite tombée sur ce qui l'avait fait s'étouffer : un spectacle de la compagnie de danse de ses parents. Mon sang s'est figé et je me suis sentie rougir alors que mes yeux s'agrandissaient. Ça y était. Almée avait tout découvert, malgré mes efforts pour empêcher que ça arrive. Je nous croyais à l'abri ici, tellement que je n'y avais plus pensé une seule seconde, et j'avais relâché ma surveillance. J'étais foutue.

J'ai tenté me recomposer un visage normal et de sourire aux parents de Loïc, et j'ai vu qu'Almée, encore toute rouge et essoufflée, avait fait pareil. On s'entendait donc là-dessus : mieux valait garder ça pour nous. Avec un peu de chance, ça passerait comme dans du beurre. Loïc, qui pour une fois n'y avait pas vu que du feu, a regardé Almée en fronçant les sourcils. Elle lui a fait signe de pas s'en faire, que tout allait bien, puis elle a croisé mon regard. Je me suis empressée de me pencher vers le chat avec l'air d'une fille qui a déjà oublié ce qui vient de se passer. Loïc n'a pas insisté, mais il n'avait pas été complètement convaincu par le signe évasif d'Almée. Il allait nous revenir là-dessus, je le sentais. Je laisserais Almée se débrouiller avec ça; après tout, c'était ses parents, pas les miens. Quand même, ça ne me plaisait pas tellement. J'aimais bien Loïc, mais j'aurais préféré le laisser en dehors de tout ça, garder ça entre Almée et moi.

J'allais retourner m'asseoir avec les autres quand la mère de Loïc est revenue vers nous :

– Alors, quand est-ce que vous repartez, vous autres?

Décidément, c'était pas ma soirée.

– On sait pas trop... Ça dépend de Chloé.

– Ah bon?

Tous les yeux se sont alors tournés dans ma direction, même ceux de Loup-garou, qui s'était soudainement réveillé.

– En fait, je... Je ne sais pas encore si je vais partir.
– C'est sûr que c'est tout un voyage... Qu'est-ce que tu comptes faire, si tu ne pars pas avec eux?

J'ai haussé les sourcils, perplexe : «si je ne partais pas avec eux»? Parce que c'était une possibilité? J'ai regardé Almée pour qu'elle dise quelque chose, qu'elle fasse preuve de loyauté encore une fois, mais cette fois, c'était elle qui était étrangement absorbée dans la contemplation du chat. Loïc a toussoté en détournant la tête. Est-ce qu'ils étaient en train de planifier de partir sans moi? L'idée était trop insupportable, alors je me suis tournée vers le barbecue.

– Tiens, ça sent bon! Avec quoi avez-vous fait mariner la viande?

Trop heureuse de parler de cuisine, la mère de Loïc s'est lancée dans une description enthousiaste de sa marinade alors qu'Almée, visiblement soulagée, appelait Loup-garou à venir jouer avec elle. Manifestement, on aurait une longue discussion à avoir sur le chemin du retour, elle et moi.

*

Comme on marchait dans la rue en revenant vers Vatanen, le cerveau un peu embrumé de vin et de porto, Almée a d'abord fait son numéro habituel de celle à qui on devait tordre un bras pour la faire parler, mais je n'avais pas envie de jouer à ce jeu-là. J'ai attaqué les sujets en ordre d'importance, même si je n'arrivais pas à croire qu'on aurait finalement cette discussion que j'avais mis tant d'efforts à éviter.

– Qu'est-ce que tu vas faire?
– À propos de quoi?
– Tes parents.

Elle a soupiré.

– C'est exactement comme tu l'avais dit. Ils continuent leur vie exactement comme avant.

Je savais que ça ferait de la peine à Almée de découvrir que ses parents, après sa disparition, continuaient de se faire aller sur les scènes du pays, même si, bien honnêtement, ça n'était pas très surprenant. J'ai essayé de la rassurer, même si ça n'aidait pas forcément ma cause.

– Il faut bien qu'ils gagnent leur vie... Ils ne peuvent pas rester assis à rien faire.
– T'as raison... Penses-tu que je devrais essayer de leur parler?

J'ai pris le temps de réfléchir. Je ne pensais certainement pas qu'Almée devait parler à ses parents, mais il fallait que l'idée ait l'air de venir d'elle.

– As-tu vraiment envie de les voir?
– Ils doivent être inquiets.
– Almée, on en a déjà parlé. S'ils étaient vraiment inquiets, ils nous auraient déjà retrouvées.
– Je sais... Mais je pense que ça me ferait du bien d'entendre leur voix.

Il n'y avait rien d'autre à faire, il fallait faire jouer la corde sensible.

– Une fois qu'ils t'auraient retrouvée, penses-tu vraiment qu'ils te laisseraient partir aussitôt à l'autre bout du monde, sans même t'avoir vue? Penses-tu vraiment que tu vas te contenter de leur parler? Tu voudras sûrement retourner en ville, au moins un peu, et ça n'arrangera peut-être pas Loïc... Il partirait peut-être sans toi...
– Loïc ne ferait pas ça.
– Es-tu sûre?

Elle a hésité un peu.

– Non...

Pendant qu'on y était, j'ai décidé d'attaquer sur l'autre front.

– D'ailleurs, parlant de Loïc... T'as pris ta décision, non? Même si je pars pas, tu le suis?

Almée a baissé les yeux.

– J'étais tellement certaine que tu dirais oui qu'on en avait déjà parlé à ses parents... Mais je ne veux pas te forcer.
– Mais vous avez déjà fait des plans pour quand vous serez là-bas?
– Juste un peu...
– Et si je pars pas, tu vas m'en vouloir d'être obligée de rester aussi?
– Je ne suis pas sûre que je serais capable de ne plus jamais revoir Loïc...

J'ai soupiré. On était arrivées au quai et j'avais le cerveau trop brumeux pour avoir envie de parler de tout ça plus longtemps.

– On dort là-dessus et on s'en reparle demain, ok?

Almée a eu l'air reconnaissante, mais un peu inquiète.

– T'es sûre?
– Oui. Bonne nuit, Almée.
– Bonne nuit...

Penchée sur ses œufs brouillés, Almée avait l'air soucieuse quand je me suis levée, tellement qu'elle ne s'occupait même pas des cafards qui trottinaient dans la toilette, juste à côté. Ça n'augurait rien de bon.

– Chloé... Tu trouves pas ça étrange qu'on n'en ait pas entendu parler quand on était en ville?

Merde. Almée était plus futée que je l'imaginais. Un peu plus et elle me ferait tout avouer. J'ai fait mon innocente, parce que je n'avais pas tellement envie d'aborder le sujet si vite.

– De quoi?
– Mes parents...
– Ah, ça! Hum, je sais pas, ça n'a pas dû adonner...

Quelle sorte de réponse est-ce que c'était, ça? Almée, évidemment, n'a pas eu l'air convaincue.

– Il me semble qu'on aurait dû voir des affiches, des publicités. Ils dansent toujours dans les plus grands théâtres... T'es sûre que t'en avais pas entendu parler? Ça te dit rien?
– Qui, moi?
– Non, les cafards.
– ...
– Ben oui, toi.

Il faudrait mentir à Almée. Jusqu'à maintenant, je m'étais contentée du mensonge par
omission, qui s'arrangeait beaucoup mieux
avec ma conscience. Est-ce que je pouvais
vraiment lui mentir en pleine face, elle à qui
j'avais juré de tout dire?

– Non, ça me dit rien.

Ça y était. J'avais trahi Almée une autre fois.

– C'est bizarre... Les dates concordent, pourtant...

Je me suis tue pendant un instant, les yeux
baissés vers mon café, la poitrine serrée, pendant qu'Almée réfléchissait, les sourcils froncés. Je ne pouvais pas lui faire ça, lui mentir
impunément, à elle qui m'avait toujours tout
confié depuis nos nuits d'enfance à ne pas
dormir, cachées sous l'escalier chez mes parents. J'ai pris une grande inspiration et je me
suis mouillée, juste un peu

– Attends... J'ai vu une affiche, une fois.
– Et tu ne me l'as pas dit?

Je n'ai rien pu répondre à cette question
trop légitime. Almée a eu l'air de réfléchir à
toute vitesse.

– Et pourquoi est-ce que je ne l'ai pas vue? Où
est-ce qu'elle était, l'affiche?
– Au cabaret. Dans les toilettes...

Elle a haussé les sourcils, surprise mais un peu sceptique.

– Et je ne l'ai jamais remarquée?
– Ben en fait...
– ...oui?

J'ai avalé ma salive.

– Je l'ai arrachée.
– Quoi?

Je ne pouvais plus lui mentir. Je me sentais trop traître, il fallait lui dire la vérité. J'ai baissé les yeux, j'ai pris une grande respiration et je me suis lancée. Je lui ai tout dit, de l'affiche dans le salon jusqu'aux journaux que j'avais cachés dans mes affaires. Quand j'ai eu fini, Almée, visiblement, ne savait plus quoi me dire. J'ai vu se succéder dans ses yeux la surprise et la colère et j'ai senti qu'elle avait envie de me crier après, mais subitement elle a lâché prise et elle s'est comme effondrée.

– Finalement, Laurent avait peut-être raison.

Je l'ai regardée en silence. Qu'est-ce qu'on peut répondre à ça? Je n'ai rien dit et j'ai baissé le nez dans mon café. Elle savait ce qu'elle avait à savoir, ce n'était pas nécessaire d'en rajouter en essayant de me justifier; ça n'aurait fait qu'aggraver mon cas.

Almée a ramassé son assiette comme un zombie et l'a mise dans l'évier, les yeux vides. Je ne savais plus où me mettre, alors j'ai migré vers ma cabine en essayant de ne pas me faire remarquer. Sur ces entrefaites, Loïc a surgit dans le cockpit de Vatanen et a passé sa tête à l'intérieur en criant.

– Bonjour!

J'ai figé. Almée aussi, pendant quelques secondes, puis elle s'est tournée vers lui.

– Loïc, c'est décidé. Je vais partir avec toi. Chloé va rester ici.

Loïc m'a regardée, interdit. C'était la première fois que je voyais Almée décider sans me consulter de ce que serait la suite de nos aventures. J'ai voulu protester, mais le regard d'Almée, qui s'était durci tout d'un coup dans son visage fermé, m'en a empêchée; j'ai fait signe à Loïc que j'approuvais, un peu abasourdie. Il s'est retourné vers elle.

– T'es sûre, Almée?
– Oui. On part quand tu veux.

Il y a eu un silence, qui m'a semblé durer une éternité. Puis Loïc a enfin parlé.

– D'accord. Si vous êtes sûres de ce que vous faites...

Je les ai regardés sortir et je me suis lais-sée tomber sur une banquette. Puis une envie panique m'a prise de quitter Vatanen au plus vite, comme si je m'y étais sentie en danger. J'aurais pu rester et paqueter mes affaires, ça aurait sans doute été plus utile, mais il fallait absolument que je sorte. J'ai sauté sur le quai sans regarder Loïc et Almée et je me suis en-foncée dans l'île.

*

Quand je suis rentrée sur Vatanen à la fin de la journée, après avoir marché des kilo-mètres à la file, j'étais presque sereine. Je ne savais toujours pas ce que je ferais de moi-même, je n'avais pas eu de flash, mais j'avais moins peur. Tous ces pas m'avaient rassurée. Sur la table, il y avait un mot d'Almée, sec et impersonnel : elle dormirait chez les parents de Loïc et, le lendemain, ils viendraient pré-parer Vatanen pour le grand départ, qui se fe-rait le surlendemain au matin. J'avais donc 36 heures pour élaborer un plan. En relisant le message, je me suis étonnée qu'elle ne men-tionne pas ce qu'elle ferait à propos de ses pa-rents, mais je me suis dit qu'elle avait dû pen-ser que, désormais, ça ne me regardait plus.

Je suis allée commencer mes bagages en at-tendant que l'inspiration vienne d'elle-même pour déterminer la suite des événements. C'est le sommeil qui est venu; ça ne m'aidait pas beaucoup. J'ai fini mes bagages en vitesse et je me suis couchée en décidant de voir ce que le lendemain m'apporterait. J'étais une petite fille de la campagne, je savais me débrouiller. J'allais poursuivre l'aventure seule, comme une grande, en ayant besoin de personne.

*

J'ai été réveillée par les voix de Loïc et d'Almée. Tout d'un coup, la journée de la veille m'est revenue comme une locomotive, et j'ai senti tout son poids tomber sur ma poitrine. Il était presque midi, mais j'ai hésité à me lever, de peur de ne pas pouvoir soutenir leur regard, car Almée avait sûrement tout dit à Loïc. Pourtant, il faudrait bien que je sorte, ne serait-ce que pour manger. J'ai décidé de prendre mon courage à deux mains et de faire ce que j'avais à faire en essayant de me faire aussi petite que possible.

Quand je me suis risquée à l'extérieur de ma cabine, ils n'étaient pas en vue. J'entendais leurs voix à travers l'écoutille; ils étaient sur le pont. J'ai décidé de me préparer un sandwich au plus vite et de disparaître à nouveau. Je les entendais parler d'itinéraire et tous ces préparatifs m'ont rappelé notre propre départ, ça m'a rendue nostalgique; puis, ça m'a fait penser à Laurent et aux raisons qui nous avaient poussées à partir de la ville portuaire. J'ai grimacé. Au même moment, Almée a descendu les marches qui menaient du pont à l'intérieur. On a sursauté toutes les deux de se trouver face à face, mais elle n'a pas dit un mot et elle a filé aux toilettes. J'ai hésité un moment, puis j'ai décidé d'attendre qu'elle ressorte; c'était ridicule qu'elle m'ignore comme ça. Je comprenais qu'elle m'en voulait, mais elle pouvait au moins être polie. Quand elle a ouvert la porte, je me suis placée devant les marches pour l'obliger à me parler avant de ressortir. Elle a essayé de passer quand même, mais je n'ai pas bougé, alors elle a soupiré.

– Quoi?

J'ai figé une seconde, parce que je ne savais pas trop par où commencer, puis j'ai décidé de jouer mes dernières cartes et de ne plus rien lui cacher. Je n'avais rien à perdre, de toute façon.

– Almée, il y autre chose que je ne t'ai pas dit.

Elle m'a regardée en fronçant les sourcils, mais elle n'a rien répondu. Alors, je lui ai raconté toute l'histoire avec Ophélie, comme ça s'était vraiment passé, comme je ne lui avais jamais raconté. J'ai même pas sorti mon air de chien battu, ça ne servait plus à rien, c'était suffisant de lui dire que c'était ma faute si ma sœur était morte et que, si j'avais essayé de lui cacher l'arrivée de ses parents en ville, c'était parce que je ne pouvais pas perdre une sœur une deuxième fois. Je lui ai même raconté mon plan pour impressionner Venise, comment j'avais joué à la madame bien habillée juste

223

pour pouvoir travailler au cabaret comme elle, et comment ça m'avait rendue triste de la voir jouer à la vedette en tournée. Je me rendais bien compte, à mesure que je parlais, que ses sourcils levaient de plus en plus haut, comme s'ils avaient voulu grimper dans son front, mais elle ne répondait toujours rien. Elle me laissait finir, elle me laissait lui dire toutes les affaires que j'avais gardées pour moi ou chuchotées à Oreste les soirs où elle n'était pas là, et elle ne disait rien. Elle me laissait avouer des choses que je ne pensais jamais lui dire de ma vie, des choses que je n'avais même pas osé lui confier quand on était petites et qu'on se disait tout, cachées dans le champ de maïs ou derrière les glissades d'eau. J'en disais tellement que j'avais même un peu peur de ce qu'elle allait faire avec tout ça quand j'aurais fini de parler, alors j'en rajoutais pour ne pas lui laisser la chance d'ouvrir la bouche. Mais j'ai fini par venir à bout de secrets et de confidences, alors je me suis arrêtée, et j'ai pas eu le choix, j'ai attendu qu'elle réagisse. Elle pouvait quand même pas faire comme si de rien n'était, me tasser et ressortir sur le pont, il fallait qu'elle dise quelque chose.

Il y a eu un silence, pendant lequel on entendait juste les petites pattes des cafards sur le plancher. Puis, après une éternité longue sans bon sens, elle a pris mes mains. Ses yeux étaient mouillés, et elle avait l'air de lutter contre elle-même.

– Chloé... Il faut que j'aille aider Loïc.

J'ai eu envie de crier. Je venais de vider mes tripes devant elle, et c'était tout ce qu'elle trouvait à me dire? J'aurais préféré qu'elle hurle, qu'elle éclate en sanglots, qu'elle me tire les cheveux, quelque chose. Mais non. Juste son air de fille désolée. Elle m'a serrée dans ses bras et elle a reculé, attendant que je la laisse passer. En désespoir de cause, parce que je ne voulais pas la laisser me quitter tout de suite, j'ai demandé ce qu'elle ferait à propos de ses parents.

– Je vais appeler au théâtre où leur compagnie se produit et je leur ferai faire le message que je suis vivante, que j'ai décidé de traverser l'océan et que je suis heureuse. Je ne parlerai pas de toi. Tu feras comme tu veux.

Elle a serré les lèvres, avalé sa salive.

– Maintenant, laisse-moi passer, s'il te plaît.

Je l'ai laissée monter. Ça ne servait plus à rien de m'obstiner. Je l'avais atteinte, je le savais, mais c'était trop tard. Rien de ce que j'aurais pu dire ou faire n'aurait pu lui faire changer ses plans. Il n'y avait que le temps qui aurait pu arranger les choses, et du temps, je n'en avais pas.

Almée et Loïc allaient certainement continuer de s'affairer d'ici leur départ. J'ai songé à partir tout de suite plutôt que de rester là, dans leurs jambes, mais la perspective de passer une dernière nuit dans ce bateau que j'aimais m'a retenue, alors j'ai décidé de rester, malgré tout. Il ne me restait plus qu'à me faire du café et à m'asseoir avec un livre, en attendant d'être jetée dehors le lendemain matin.

*

Il était à peine 7 h 45. Mon vélo, détaché de sur le pont de Vatanen, m'attendait sur le quai. Almée et Loïc étaient déjà dehors, elle sur le quai, lui sur le pont, prêts à partir. Ils n'attendaient plus que moi pour détacher les amarres. Mon sac sur le dos, je suis sortie avec un dernier regard pour l'intérieur du bateau. J'ai couvé Vatanen des yeux et je lui ai murmuré un adieu, puis j'ai sauté sur le quai. Le regard d'Almée a croisé le mien, et j'ai cru deviner que, malgré toute la détermination qu'elle tentait d'y mettre, elle avait envie de pleurer. Je me suis approchée d'elle.

– Tu m'embrasses pas?

Elle m'a regardée, s'est mordillé les lèvres et, finalement, s'est approchée de moi. En silence, elle m'a serrée dans ses bras et m'a fait deux bises. Puis, elle a reculé.

– Bonne chance, Chloé. Fais attention à toi. Et fais attention à ce que tu fais.
– T'inquiète pas, ça ira. Bon voyage.

Loïc a touché sa casquette en guise de salut. Almée a avalé sa salive avec difficulté et a détourné brusquement la tête pour se pencher sur son nœud à défaire. Je suis restée sur le quai le temps qu'ils détachent Vatanen et le remettent en mouvement. Almée a sauté à bord et a poussé le quai du pied, comme pour donner un élan au bateau, et ils sont partis sans me regarder.

En regardant Vatanen s'éloigner avec Almée et Loïc à son bord, j'ai senti subitement toute ma détermination s'effriter et toutes mes résolutions de l'avant-veille devenir de vagues chimères sans aucun rapport avec la réalité. Seule sur le quai de cette île que je connaissais à peine, sans allié à mes côtés, j'ai eu l'étrange et pénible impression d'être minuscule et démunie. C'était la moitié de moi-même qui venait de partir pour toujours, en me laissant me débrouiller sans elle. Mon sac sur le dos et mon vélo à mes côtés j'ai quitté le quai pour aller à terre, lentement, un peu au hasard. Instinctivement, mes pas ont trouvé le chemin de la bibliothèque. Elle était fermée, mais j'ai décidé d'attendre et j'ai attaché mon vélo, prête à entrer m'y réfugier dès l'ouverture. Quand, une demi-heure plus tard, le gardien a enfin ouvert la porte contre laquelle je m'étais assise, je me suis précipitée à l'intérieur sans même lui rendre son sourire. La fille qui ressemblait à Ophélie, derrière le comptoir, était toujours là. J'ai eu l'impression que ma sœur m'envoyait un signe à travers elle comme pour m'encourager, mais c'était sûrement dans ma tête. Je me suis dirigée vers les rayons et, arrivée entre les étagères, je me suis arrêtée; je ne savais pas trop ce que j'étais venue y chercher, au juste. En désespoir de cause, j'ai ouvert mon sac et je suis tombée sur l'encyclopédie, que j'avais emportée sans le dire à Almée. Je l'ai sortie du sac et, avec un peu d'appréhension, je l'ai ouverte au début. Le premier mot qu'Almée avait inscrit dedans était «autarcie». Tout notre périple défilait dans les mots qui suivaient, du champ jusqu'à la ville portuaire, puis sur Vatanen et sur l'île, jusqu'au dernier, «bibliothèque», qui me ramenait au présent. J'ai regardé les pages encore vierges et j'ai hésité. Il y avait plusieurs mots que j'aurais voulu y ajouter, mais leur sens était trop intuitif pour que je puisse en faire des entrées. Il y a des choses qui ne se définissent pas.

J'ai feuilleté l'encyclopédie une dernière fois, puis je l'ai refermée et je suis allée l'insérer sur une tablette entre un des livres que j'avais empruntés à Laurent et un autre que je ne connaissais ni d'Ève ni d'Adam. Je n'en aurais plus besoin. Puis, j'ai réfléchi. Je ne pourrais pas rester à la bibliothèque passé l'heure de fermeture, et j'aurais alors le même problème que maintenant, celui de trouver un endroit où aller, sauf que la nuit serait plus proche. J'étais peut-être démolie, mais j'avais encore un sens pratique, diable. Alors après avoir caressé une dernière fois la tranche des livres sur les rayons, je suis partie.

J'ai récupéré mon vélo à la sortie après avoir fait un signe d'adieu au gardien, et j'ai roulé au hasard dans les rues. Je n'avais pas envie de rencontrer des gens à qui je devrais encore raconter ma vie. Sans Almée, ça n'avait plus le même charme. Surtout, je n'avais pas envie de m'attacher à eux pour ensuite, inévitablement, devoir les quitter; mais je n'avais pas non plus la force de prendre une décision pour changer le cours des choses. Le plus simple, dans ces cas-là, reste de suivre ses jambes, qui finissent toujours par aller là où il faut. Alors j'ai continué à rouler, sans but précis. Peu à peu, j'ai fini par m'éloigner du centre et atteindre une zone où les maisons se faisaient de plus en plus rares, et les voitures aussi. Après un moment, c'est devenu complètement sauvage.

Tout à coup, au détour d'une courbe, je suis arrivée tout près d'un champ rempli d'herbes hautes, avec un arbre au milieu, tout seul au milieu du rien. Je me suis arrêtée. Entre les herbes, j'ai vu passer une marmotte, au loin. Elle s'est arrêtée, et elle m'a fait un clin d'œil. J'ai hésité une seconde, puis j'ai lâché mon vélo, je l'ai laissé sur le bord de la route et je me suis enfoncée en courant dans les herbes hautes. Arrivée sous l'arbre, je me suis arrêtée et je me suis étendue au pied du tronc, sous ses feuilles, la tête appuyée sur mon sac à dos et les yeux tournés vers le ciel, où les nuages couraient sous le vent. Je me suis calée dans les herbes et j'ai pris une grande respiration.

Puis j'ai espéré qu'au moins, il ne pleuvrait pas.

Achevé d'imprimer
en août deux mille onze, sur les presses
de l'imprimerie Gauvin, Gatineau, Québec